巫女《ムーダン》

配信者シャーマンと
ハヨンの
悪霊事件簿

イ・サグ：著
이사구

吉良佳奈江：訳

イースト・プレス

巫女《ムーダン》
配信者シャーマンとハヨンの悪霊事件簿

contents

episode 1
隣人騒音解決の護符

隣の部屋がうるさくて頭がわきそうだ。もう発狂寸前、黙らせることができるならなんだってする。……いや、直接はムリか。怖いし、相手は男だし。なら何とかして、魔術でも呪いでも、魂を売ってでも構わない。とにかく、絶対、だまらせてやる！

私、キム・ハヨンはソウル市内のワンルームに住んでいる会社員。この五階建てのビルの一階は不動産屋で、二階からは居住用の賃貸でワンフロアに三軒が入っていて、私は一年前にここの五〇二号室に引っ越してきた。安い家賃じゃなかったけど、近くに手入れされた散策路があるし、職場まで地下鉄一本で行けるし、大家は別に暮らしていて顔を合わせなくていいという優良物件！　逃す手はないのでここに決めた。暮らしてみて満足、満足……と、いうのもひと月前までの話。

最近になって気づいてしまった。このビルは防音設備がお粗末だってこと。もともと隣の五〇三号室には、近くの大学病院の看護師が住んでいた。この人が住んでいるときは、音が気になったことがなくて、騒音問題が存在するなんて思いもしなかったのだ。

甘かった。私は知らなかった。ただただ隣の看護師が毎日残業続きで、家に戻らないから静かだっただけってことを。ひと月前に新しい人が引っ越してきて、私の勝手な信頼は崩れた。

新しい隣人は、近所の大学に通う二十歳過ぎの男だ。家の前ですれ違うときに着ている服や生活パターンで見当がつく。私の目に狂いはない、というよりわざわざ推理などしなくても、壁を伝ってくる会話からだいたいわかってしまうのだ。彼の個人情報は、毎晩薄い壁を伝って私の部屋に漏洩していたってわけ。こちらは望んでいなかったけど。

問題はビルの防音性能だけじゃない。男には彼女がいて、毎日のように家に連れこんでいた。二人は夜ごとに深く語り合い、やがてベッドでも……実に熱烈に語り合った。私は壁に接しているベッドに寝ころんだまま、そのダダ洩れの話を毎晩聞かされる羽目になったのだった。

そうですかー、彼女が年上なんですね。

へえ、道で偶然出会ったんだ、運命ですね。

一人暮らしじゃないけど、寂しい日はここに来ちゃう、ほうそれは仲のよろしいことで。

一人で隣の事情を復唱してみる。

会話などは、まだかわいいもので、最悪の瞬間は二人が愛を交わすとき。はじめは、部屋で運動でもしているのかな、と思っていた。だけど、あちらが盛り上がって息遣いが荒くなると、私は気づいてしまった。

あのー、セックスしていらっしゃいますかー？

この狭苦しいベッドの上で!?

そっか、できるよね。やれば、できる。

しかし、薄い壁越しにその音を聞かされている私の身になってほしい。

一体、私に何の罪があるっつーの？

あんたたちの性的自由権は、私の睡眠権よりも大切だと言い切れるわけ？

そんなわけないでしょ！

などと考えているうちに腹が立ってきて、ベッドに寝転がったまま壁をドンドンと叩いた。だけど、私の怒りは彼らの激しい語り合いにかき消されて、虚しく寂しく響くだけだった。

＊＊＊

出勤中、寝不足からくる頭痛に頭を押さえつけられながら決心した。絶対に隣の騒音を止めさせてやる。自分の睡眠を取り戻さないことには、きつくて私が持たない。そのためなら何だってやってやる！

はじめは物理的な方法を試みた。百円ショップで小さなゴムハンマーを買ってきて、時間も構わず壁を叩いた。隣がうるさいときはもちろん、私と同じ苦痛を味わえ！　とばかりに、どんなときも叩きまくった。問題は五〇三号室がうるさくない瞬間がほとんどなくなっていることだった。隣人は、彼女と家に帰るだけではしゃいで大騒ぎするし、一緒でないときは電話で騒音を発生させる。隣がうるさいときは、ハンマーで叩いたくらいじゃ大した効果は出なかった。ほかの方法を探らなくては。

とりあえず大家に連絡をしてみた。契約のときから話の通じない年寄りだと思っていたが、案の定取りあってくれなかった。「そもそも人が暮らしていくのに騒音はつきものだ」と。私はため息とともに電話を切った。

仕方なくインターネットで各種の方法を探しては、片っぱしから試してみた。警告のポストイットを貼る、スピーカーから幽霊の声を流して壁に押し当てる、ブルートゥースのマイクで静かにしろと叫んでみる、など。しかし、隣も頑固だった。しばらく静かになったふりをしても、数時間後には元通り。

おかしくなりかけていた私は、新たな方法を一つ思いついた。それは「護符」を使うことだった。魂を売ってでも、とは確かに思った。だけど、まさか本当にスーパーナチュラルなものにすがることになるとは。このときの私は、そこまで追い込まれていたってわけ。

さっそくユーチューブで「護符の書き方」を検索すると、検索結果にずらずらと多すぎるほどの護符が出てくる。検索キーワードに「別れ」を追加して、ふたたびエンターキーを叩く。最上段に「憎らしいあのカップルを、護符の力で別れさせる……実際の効果は？」というサムネイルの映像があった。チャンネルの名前は「巫女姉さん《ムーダンオンニ》」再生回数は十八万回。クリックした。

幼稚でキャッチーなタイトルとは違って、チャンネルの主人と思しき人の説明はわかりやすくて、信頼感があった。たまに飛ばす冗談もウィットがある。その場で映像を五回ほどリピートして見た。そして決心した。今すぐ、護符の作成に取り掛かろうと。用意するものと作成法はすでに頭に入っている。残るは行動のみ。悲壮な覚悟で決心した。

問題は「護符をどうやって隣人に持たせるか」だ。巫女姉さん《ムーダンオンニ》の言葉によれば、護符は相手に持たせるか、住んでいるところに置かないと効果を発揮できないらしい。だけど、隣人とすれ違うことはあっても、一言も話したことはない。私たちの唯一の意思疎通といえば、隣人がうるさくして私が壁を叩くだけ。それなのにどうやって護符を（しかも本人と恋人を別れさせる護符を）渡して、持たせることができる？　そのとき、アイデアが一つ浮かんだ。

＊＊＊

私は現在ＩＴ企業でＵＸ／ＵＩデザイナーとして働いている。ＵＸとはUser Experience（利用者経験）、ＵＩはUser Interface（利用者インターフェイス）の略語なんだけど、うちの会社ではなんでもデザイン屋といったところだ。だから、デザインのことなら一通りなんでもこなせる。

私がチラシを作って五〇三号室の玄関ドアに貼ったら、どうなる？　隣人が内容に興味を持てば、チラシを持って家に入るだろう。それ以外にもガス点検の案内用紙、水道料金の請求書などを候補として考えてみたけど、それはさすがに法に抵触する恐れがあるのでチラシに決定した。

隣人の興味を引くテーマを決めるのは、難しくなかった。壁越しに聞こえる会話によれば、最近スポーツクラブに通おうかと悩んでいるみたいだ。グーグルでスポーツクラブを検索する。『Photoshop』を立ち上げて、検索で出てきた中からぴったりのイメージを貼りつけた。トレーナーに見えるよう白人ボディービルダーの写真もつけて、「三か月九万九千ウォン[*1]」という激安価格を大きな文字で強調する。ここにいい感じで加工を加える

＊1　日本円では約九九〇〇円。

と、本当に町の入り口にあるスポーツクラブのチラシに見える。電話が来たら適当にあしらうつもりで、連絡先には自分の携帯の番号を書いておく。さて、そこまでしてみると電話番号と連動しているメッセンジャーアプリが気になる。アプリに登録した名前はイニシャルに変更し、プロフィール写真もボディービルダーに変更しておいた。会社の人たちに少し変だと思われるかもしれないけど、最近マッチョな男に惹かれるのだと言い訳をすれば何とかなるでしょ。そのくらい、私にはこの騒音問題を解決することが大事《おおごと》だった。

数日して、ネットで注文していたチラシが百枚届いた。プロのデザイナーとしてのキャリア六年、会心の力作だ。私は準備しておいたレモン汁と筆を取りだす。レモン汁で書いた文字は見えないが紙を火であぶると文字が出てくるのだ、と子どものころ科学雑誌で読んだことがある。この方法で、目に見えない秘密の護符を作るんだ。チラシを一枚裏返し、筆を持つ。それまでに何度も練習をしていたので、難しい漢字もすらすらと書いていく。そして最後の一画。筆を離すと、体中に戦慄が走った。

できた、完成した！　光沢紙にレモン汁で書いた護符に、どれだけ効果があるかわからないけど、とにかく、私の初〝護符〟作品だった。

テープを切って三枚のチラシに貼ると、玄関ドアを開けて外に人がいないか確かめた。誰もいない。私が住んでいる階の三軒全部のドアにチラシを貼り、自分の部屋に戻った。

自分の家のドアにだけ貼ってあったら、隣人に怪しまれるかもしれないからね。五〇一号室の人は、運動に興味がありませんように（祈！）。

夜十時頃、隣人が帰宅する気配がした。ドアをバタンと閉める音を聞くと我慢できなくなって廊下に出て確かめた。貼ったチラシはなくなっていた。計画成功。もしかして捨てられているんじゃないかとドアの周りを見てみたが、何も落ちていない。私はすっきりさわやかな気分で部屋に戻った。

その日も、隣人は夜通し電話でおしゃべりをしていた。すでに時刻は夜中の二時を過ぎ、明日は八時までに出勤しなくちゃいけなかったけど、それでも私は笑顔で眠ることができる。明日には願いがかなうかもしれないから。

＊＊＊

次の日さっそく驚くような変化があった。毎日のように壁の向こうから聞こえていた女性の声が聞こえなくなった。その代わり、男の泣き声が響き渡った。

隣人は毎日泣いた、毎日だ。一人で泣くだけではなくて、友人との電話中にも声をあげて泣いた。心変わりした彼女と、自分の哀れな身の上を嘆きながら。声のトーンはめちゃくちゃで、酒もいやになるほど飲んでいるみたいだ。

また隣からの騒音で眠れなくなった。私は考えた。この悲劇と私とは関係があるんだろうか？　隣人があんなに悲しそうに泣いているのは、私が書いた護符が奇跡的な効能を発揮したから？　効果を願わなかったといえば嘘になるだろうけど、こんなにうまくいくなんて予想もしなかった。隣人がボロボロになっていく様子が手に取るように伝わってきて、内心自分を責めた。

それに、何よりも私の目的は隣人と恋人を別れさせて、静かにさせることだった。それなのに、今、隣人が泣きわめく音声はこれまでのデシベルを超えている。聞くに堪えない汚い言葉もたっぷり混ざっている。こんなことなら喘ぎ声のほうがましだね。私は寝返りをうちながらつぶやいた。

出勤退勤の度に隣室の前を通りながら、悩んでしまった。護符を回収すべきだろうか？回収するとしたらどうやって？　寝不足でくらくらする頭では「玄関に小型監視カメラを仕込んで暗証番号を手に入れて、男が家を空けたときに潜入してチラシを持ち出す」なんてアイデアしか思いつかない。もちろん、そんなやり方では犯罪者になってしまう。いくら困っていても、一線を越えちゃダメだ、越えちゃダメだ。自分自身を洗脳するように繰り返しつぶやいた。

と、同時に疑問に思った。この状況って本当に護符の結果なの？　そもそも護符に本当に少しでも効能があったんだろうか？　科学的なエビデンスなんてまったくないじゃん？　私はウキウキと護符を書いていた過去をすっかり忘れて、民俗信仰の信ぴょう性を疑った。本当はわかっていた。このジレンマは自分がやらかしてしまったという罪の意識から出ている って。

これ以上一人で悩んでばかりはいても仕方ないので、腹をくくった。巫女姉《ムーダンオンニ》さんに聞いてみよう。あらためてユーチューブをつけて、例のチャンネルを探す。見るとプロフィールにビジネス用メールアドレスがあった。「ビジネスじゃないけど」と、つぶやきながら、メールを書いた。

巫女姉《ムーダンオンニ》さんさま

アンニョンハセヨ、私は巫女姉《ムーダンオンニ》さんのチャンネルをよく見ている視聴者です。

いつも良質の護符作成法及び祈祷法を教えてくださり、ありがとうございます。

ほかでもなく、最近巫女姉《ムーダンオンニ》さんがアップされた護符の作成法映像の一つを真似てみました。

「憎らしいあのカップルを護符の力で別れさせる……実際の効果は？」というタイトルの映

像です。

隣室のカップルが騒音公害を起こすので大いに不便を感じていたところで、映像を見てすぐに張りきって護符を作成しました。

その後、数日経って驚くべきことに隣室のカップルが本当に別れました。

問題は、失恋を悲しんだ隣室の男が毎晩泣きわめくという点です。

恋人を別れさせたことに罪の意識を感じますし、かつての騒音のほうがかえってましなレベルで、以前よりも苦しい日々を送っています。

そこで、よろしかったら

一．本当に護符の効果が彼らを別れさせたのか

二．本当だとしたら、この効果を消す方法はないのか

お尋ねしたいです。

いつも登録といいね！　で応援していますとお伝えして、手紙を終わります。

巫女姉《ムーダンオンニ》さんチャンネル視聴者　キム・ハヨン拝

次の日、仕事中にメールを知らせるアラームが鳴った。私はあわててトイレに入って内容を確認した。

キム・ハヨンさま

アンニョンハセヨ、巫女姉《ムーダンオンニ》さんです。

お送りいただいたメールを読んでみました。

隣室の騒音によって苦痛を感じていらっしゃるのは、お気の毒なことです。

さて、結論から申し上げますと、私がユーチューブに作成法をアップした護符には効果がありません。

すべての人がたやすく護符を書くことができたとしたら、多くの問題が起こるでしょう。

また私以外の同業者のためにも、業界の秘密を漏出させてはいけませんよね。

そのため、私はユーチューブチャンネルをエンターテインメント及び自己ブランドの広報用としてのみ使用しています。

映像内の護符もまたタイトルのように強い効果はなく、雑霊を追い払う基本的な護符ですし、それすら一般人が書いたものには大した効果がありません。

ですから、キム・ハヨンさんの隣室の恋人たちが別れることになったのは、偶然の一致です。

あまり心を痛めませんよう。

合わせて、質問にお答えするなら、護符の効果を相殺したいならちぎって捨てるだけです。

いつも映像を視聴してくださってありがとうございます。

巫女姉《ムーダンオンニ》さん拝

（P．S．霊験あらたかな護符をお望みでしたらネイバーで「護符姉《オンニ》さん」と検索していただき、目的に合った種類をご注文ください）


便座に腰かけたまま、ボンヤリしてしまった。この状況が全部、偶然だって？　あんなに仲のよかったカップルが、私が護符を書いた翌日にすぐ別れたんですけど？

スマホを消して個室を出て手を洗った。冷たい水が手の甲に当たると、気持ちがしゃきっとした。そうだ、偶然の可能性なんていくらでもある。護符の力でカップルが別れたというよりも、一晩で心変わりしたと考えるほうが自然だ。巫女《ムーダン》だって違うと言っているんだから、護符の効果のはずがないじゃないか。だから、このことは私はもう気にしなくてもいいし、罪を感じなくてもいい。

水道の蛇口をしめて、こんな考えは吹き飛ばしてしまおうと強く手を振った。でも、ももやした感情が体のどこかに残って消えない。

＊＊＊

気持ちが塞ごうが晴れようが仕事はしなくちゃいけなくて、いつの間にか退勤時間になった。いつものように自宅のあるビルに着くと階段を上り部屋に向かう。五階のフロアに足を踏み入れたけどセンサー灯がつかない。前に大家に伝えたのに、まだ直してくれていないみたいだ。暗い中を突っ切って廊下に向かおうとしたその瞬間、横から人の気配がした。屋上へ上がる階段に誰かが座っている。フードを深くかぶった男性だ。その男はすたすたと歩いてくると私の腕をつかんで荒っぽく言った。

「あんた、何やった？」

状況が突然すぎて、私は全身が固まってしまった。すぐに大声を出すのがいいのか、階段を駆け下りるのがいいのか？　少しずつ目が暗さに慣れると、男の顔が見えてきた。廊下で何度かすれ違った顔を思い出した。明らかにいかれていると感じたその男は、隣人だった。

「五〇三号室？」

「これ、あんたが貼ったんだよな？」

隣人は私の話を遮って、一枚の紙を目の前に突き出した。私が作ったスポーツクラブのチラシ、いや護符だった。予想外の場所で自分の作品に出合って、とんでもなく驚いた。

「いえ、違いますけど」

瞬間的にチラシをつかみ取った。本当に私が貼ったのか、心証だけで決めつけることはできないだろう。隣人はいきなりスマホを取り出して電話をかけた。何をしているのか状況が把握できないうちに、私が持っていたスマホが震えだした。知らない番号から電話が来ている。

「やっぱりな。あんたの番号だ」

隣人はチラシの中の番号を指さしながら、私の腕をつかんだ。私が入力した、私の番号だった。バレた、と思うと、私は完全に何も言えなくなった。

「あんた、一体何をやったんだ？」

「ただの宣伝のチラシですけど？　実は私、スポーツクラブを運営していまして……」

「違うだろ。何かしただろ。でなけりゃ、こんなにシラを切ろうとするはずがないもんな」

隣人は相変わらず私の腕をつかんでいて、その手の力はだんだん強くなり腕が痛くなった。私はつかまれていない腕を振り回して、隣人の手首を強く叩いて振りほどいた。

「何のお話でしょうか？　まったくわかりません。とりあえずちょっと説明してください」

私をにらみつけていた隣人は何度か強く息を吐き出してから、自分の話を打ち明けはじめた。数日前、一緒に部屋まで来た女性がドアの前で突然帰ってしまって、後から電話で別れを告げられた。隣人はショックを受けて理由を尋ねたが、女性はなかなか答えてくれない。しばらくしつこく尋ねると「誰かがあなたの家をおかしくしてしまった」という謎解きのような言葉が返ってきたそうだ。

隣人はひとしきり悲しんだ末に、女性に戻ってきてもらうために、問題を解決しなくてはいけないと固く決心した。「家」、「おかしくした」、「誰か」。女性が残した言葉をうんざりするほど繰り返し考えて、男は隣に住む私のことを思い出した。「うるさい」と文句をいって壁を叩き、玄関のドアにポストイットまで貼った人間。もしもその人が復讐のために「何か」をしたとしたら？

隣人は私の情報を集めるために周辺を嗅ぎ回り、家の前に置いてあった宅配の箱から名前と電話番号を突き止めた。それから、その番号を保存してメッセンジャーの写真を確認した。あいにく、そのとき私のプロフィールにはマッチョなボディービルダーの笑顔の写真が使われていた。それを見た瞬間、男は強い既視感を抱いた。冷蔵庫に貼ってあるスポーツクラブのチラシだ。あのチラシとまったく同じ顔と私の電話番号。

確実なことはわからないが、男は隣に住んでいる私が元凶だという結論に達して、怒り心頭で私を待ち構えていた。

隣人の話はめちゃくちゃだったが、整理するとまあこんな感じだ。

「あんたが何かしたんだよな。そうだろ？　一体何をしたんだよ？」

「私が何を……」

「元に戻せよ、元に戻せ、元に戻せってば」

隣人は両手で私の肩をつかんで揺さぶった。その目は赤く、表情はほとんど泣き出しそうで、どう見ても正気じゃなさそうだ。私は力なく揺さぶられるまま、この状況を考える。

そうです、たしかに護符を貼ったのは私です。でも、巫女《ムーダン》が効果はないと言ったもんね。だったら本人の問題で振られたと考えるのが、一番妥当な線じゃないですかね？　それなのにこの子はどうして私に言ってくるんだろ？　実のところただ八つ当たりの相手が必要なだけじゃないの？

脳ミソが疲れ切って、いくつもの考えでごちゃごちゃしてくる。と、同時にだんだん怒りが込み上げてくる。いつも通りだったら、この時間にはベッドに寝転がってユーチューブでも見ているはずだ。それなのに隣人につかまって怒りのはけ口にされているなんて。それにこの子は私よりはるかに若そうだけど、なんでタメ口なわけ？　甘く見られているる？　そもそも静かにしてればよかったでしょうに。先に人を睡眠不足で狂わせたのはどちら様ですかね。あーもう疲れた。なんで私に、なんで私に文句を言うの？

「なんで私に文句を言うの？」

大声をあげて隣人の肩をどんと突き飛ばした。隣人はたじろいで一歩下がった。その隙に持っていたチラシをつかんで、ビリビリに破いてやった。こんな偽物の護符、失くなってしまえばお終いだ。チラシはバラバラと床に散らばった。隣人はぼんやりとその様子をながめているだけ。

そのとき、階段を上ってくる足音が聞こえてきた。廊下の照明の下に、ある女性の姿が見えた。背が高く痩せた体、血の気のない顔色が危なっかしい印象だ。

「やめて」

「ファヨン……」

隣人の反応から見て、その人があれほど死ぬだの生きるだの言っていた彼女みたいだ。女は私に視線で挨拶をして、隣人を連れて部屋に入っていった。私は一人で廊下に残された。

このバカバカしい状況に、隣の部屋のドアを見つめることしかできない。こうしていると今の状況にぴったりのことわざが思い浮かんだ。『鶏を追った犬が屋根を見上げる』[*2]。さしずめ「鶏を追った犬」は私で「屋根」は玄関ドアなんだろう。いや、私は犬に追われる鶏の身の上のほうが近いのか？　ハハハ、声を出して笑う。さーて、家に帰ろう。とりあえず休もう。ドアロックを開けて家に入った。

シャワーをしてベッドに横になる。さっきの混乱を忘れようと思って、スマホでにぎやかな映像を見る。がちゃがちゃとした画面転換が神経を刺激してくれる。それなのに、ふと、別の考えが浮かんでくる。さっき体験したことについて。隣人はどうして私に八つ当たりしたんだろう？　私って『鯨カップルのケンカに挟まれて背中が割れる海老』[*3]みたい。なんでこんなことに？　そもそも私は隣室の騒音で一か月間、夜も眠れなかった被害者なんですけど。

隣から再びウンウンと唸るような声が聞こえてくる。怒りが込み上げて目の前の携帯の画面が見えなくなった。一言でも、何か言ってやらないことには、こちらの怒りが収まりそうにない。頼むからちょっと静かにしてよ！　コートを羽織って、玄関のドアを開けた。

廊下はひんやりとしていた。冷たい空気を横切って、隣のドアの前に立つ。ところがおかしなことにドアが閉まっていない。安全のための留め具が二つとも中途半端にひっかかってストッパーになり、ちょっとした隙間を残して開いている。ドアをノックしようとしたところ、やけに室内がシーンとしている。私はノックしかけた手を止めて、中を覗きこんだ。ドアの隙間からさっき出会った「ファヨン」の姿が見えた。彼女は立ったまま片手を高く伸ばし、何かをつかんでいた。よく見えないので、体をずらして角度を変えて見てみた。

すると、自分の目で見ても簡単には信じられない光景が、目に飛び込んできた。女の手が隣人の男の首を絞めて体を持ち上げていた。それも片手で、まるで人形遊びみたいに軽々と。隣人の顔は充血して目はひっくり返って白目になっている。手足は抵抗する力を失くしたみたいにだらりと伸びている。それなのに、女がさらに強く力を加えているのか、男は今にも死にそうに口から泡を吹いている。私は頭の中が真っ白になって、悲鳴すら上

＊2　「どうすることもできない」という意の韓国のことわざ。
＊3　「強者のけんかに挟まれて、弱者が被害にあう」という意の韓国のことわざ。

げられなかった。だからといってその光景から目も離せないまま、突っ立って見続けるしかなかった。

そのとき、ビチャッという音がして男の頭がはじけた。ボタボタと四方に血が飛び散り、床には血と一緒に脳髄なのか何かわからないものが流れた。瞬き一つしないで顔についた血を拭った女は、体をかがめて男の服を胸までめくりあげた。そして男のみぞおちに爪を立てるとその瞬間強い力で腹を切り裂いた。そのまま体の中に手を突っ込んで、心臓と思しきものを引っ張り出すと、クチャクチャと食べ始めた。

目の前で現実とは思えない光景を見て、吐き気が込み上げる。口を押えても吐き気が込み上げてこらえきれなくなった。ウウッと声を漏らすと、背中を見せていた女が振り返ってこちらを見た。女と私の目が合った。

殺されるかもしれない。そんな考えが頭をかすめて、固まっていた足がなんとか動いた。自分の部屋の前に着くとガクガクと震える手でドアを開ける、いや開けようとする。毎日押していた暗証番号なのに、焦りでドアロックの番号を繰り返し間違えて押してしまった。後ろから、コツコツと近づいてくる足音が聞こえる。絶対あの女じゃん、いや、化け物じゃん。足音が背後に近づいたとき、ようやくドアロックが解除された。あわててドアを開けて部屋に入ったが、ドアがロックされる電子音が聞こえない。

振り返るとドアをつかむ血まみれの手が見える。足の力が抜けて、私はその場で尻もちをついた。玄関ドアがいきなり開いて女が姿を現した。真っ赤に光る眼が、穴が開くほど見つめてくる。今にも私をつかんで飲み込んでしまいそうだ。私はガクガク震えながらその場で頭を抱えてしゃがみこんだ。

あれ？　おかしい。女は何もしてこない。そっと顔を上げて、腕の間から前を見上げる。女はこちらを黙って見ていたが、ふいっと背中を見せて歩いて行ってしまった。ドアロックが自動でかかる音が聞こえてきた。私はその場で気絶した。

＊＊＊

数日後、大家から電話があった。怯えた声で、隣の部屋の男が死んだのだと伝え、そのことで何か知っていることはないかと聞いてきた。ビルの入り口に一つある監視カメラにさえ、男の死亡日以来何も映っていないのだと、まるで幽霊の仕業ではないかとつけ加えて。私は少し悩んで、隣人との交流はなかったし数日前から実家に戻っていたので、何も知らないと答えた。実際にあのときは意識が戻るとすぐに郊外にある実家に逃げ帰った。正体のわからないあの化け物に会うかもしれない場所に、もういたくなかったから。大家はわかったと答えてから電話を切った。

少ししてから警察が来た。事件現場のすぐ隣に住んでいるので、そのこと自体は避けられない。私は嘘をついた。隣の男が死んだという知らせを大家から聞いているだけで、隣人が死んだ日の夜は疲れて早く眠ってしまい、まったく気がつかなかった、と。警察は釈然としない様子だったが、特に疑ってもいなかった。私に関連づけるこれといった証拠もなかったし、若い女性一人の犯行だと思えないほどひどい死体損壊だったからだろう。

しばらくの間、私は廃人のようだった。ぼんやりしていると、何度もあのときの光景が目の前に再生される。頭がはじけた男、こぼれだす内臓、グワッと迫ってくる血の匂い。この光景を忘れたくて、仕事に没頭した。毎日残業して、家に帰っても残った仕事を片づけた。職場の上司からは、急にそんなにまじめになってどうかしたんじゃないか、と突っ込まれた。私はただ笑うばかりで、何も言わなかった。そうやって仕事に逃げていても、寝るときになるとまたあの光景を思い出した。押し殺していた不安を、心は感知して悪夢を見せてくる。いつからだったか、夢の中で首を絞められる被害者は自分になった。私の頭がはじけて、女は私の心臓を取り出して食べた。このすべての様子を俯瞰で見ているもう一人の私と、女の目が合って、女が私を捕まえようと迫ってくるところで夢から覚める。

だんだん疲弊していく私を見かねた母が、この際借りている部屋を引き払ってまた実家に戻ってこいと言ってくれた。こんな様子で一人暮らしに戻っても、ちゃんと生活していけそうにないと心配してくれたんだろう。部屋の契約期間は数か月残っていたが、母の言葉に甘えることにした。あの部屋に戻るのは無理だった。

だけど残っている荷物を片づけるために、一度は部屋に寄らなくちゃいけない。急に部屋を引き払おうと決めた日はたまたま家族が忙しく、一人では荷物を運べないので引越会社に依頼した。住んでいたのは一年ちょっとだし、かなり狭い部屋だったので、荷物は多くなかった。私の生活の痕跡はすぐに段ボールに振り分けられ、トラックに積まれていった。

引越会社のスタッフは、最後に忘れ物はないか点検してほしいと言って、先に下りていった。私は空っぽの部屋の中をぐるりと見まわした。人が住んだことなんてありませんとばかりに、がらんどうだった。もう、本当に、行かなくちゃ。そろそろ出ていこうと支度をした。

ふと振り返ると、作りつけの机の下の隅に紙が一枚落ちているのが目に入った。拾ってみると、以前作った偽物のチラシだ。護符を書くとき、練習用に何枚か出しておいた、そのうちの一枚が落ちていたみたいだ。特に考えもなく、紙を拾い上げた。

裏面には何も見えないはずだった。わざわざレモン汁で文字を書いたのだから。しかし、そこには火にあぶったような色ではっきりと護符が書かれていた。まるで効力を発揮した後みたいに……。

そのとき巫女姉《ムーダンオンニ》さんのメールに書かれていた言葉が思い浮かんだ。まるで化け物のように見えた女の姿。私が隣の部屋に護符を貼ると、そこに近づけなくなった女。そして私の部屋に入ってこなかった、あるいは入ってこれなかった女。

パズルのピースが一度にはまった。私は自分が何をしたのか、誰を守って、誰を死なせたのかはっきりとわかってしまったよ……。

episode
2
上司の悪霊退治の護符

職場の上司、ハン係長の様子がどうもおかしい。職場の上司なんてたいていおかしいにきまってんだから、わざわざ繰り返す必要があるかって？　うん、それはそう。それでもはっきりと言おう。このところ、私の上司は本当におかしいのだと。

私はＵＸ／ＵＩデザイナーとして大きくないＩＴ企業で働いている。この会社に移ってきて五年くらいになる。その前は広告代理店でコンテンツデザインをしていた。ルーティーンのように人格攻撃をする係長と、代理店社員は奴隷だと勘違いしているクライアントの板挟みになってメンタルが壊れる寸前で、転職活動をしてすぐにＩＴ企業に移ることに成功した。

ＩＴ、革新、解放！　みんなに平等な文化と自由奔放な討論、能力に応じたストックオプションとキャラの立ったかわいらしい代表。ＩＴ企業ってこんなイメージだったから。特にテレビでよく見るような、英語のニックネームで呼びあって、事務所内をスケートボードでスイスイ移動する職員のイメージを勝手に持っていたのかもしれない。

だけど、現実は違った。テレビに出ていたあの会社はそうかもしれないけど、うちは違う。私を待ち受けていたのは、みんなに平等な残業と自由奔放な業務体形、能力に応じた社内政治とかわいらしい月給だった。

嫌なことは数えきれないけど、一番苦しんだのは直属の上司に当たるハン係長だった。ハン係長は間違いなくデザインチームの係長なのに、デザインはからっきしだった。『Illustrator』どころか『Photoshop』すら使えないデザイナーが存在するなんて、この会社に来るまで知らなかった。『Photoshop』をいじっていた小学生のときの私さえ今のハン係長よりも上のはずだ。ま、係長だから、管理さえちゃんとしてくれれば構わないと思ったこともあった。だけど係長はそれすらダメだった。管理とは名ばかりで、口出ししかしないのだ。俺には見づらいからフォントのサイズを上げろとか、暗い色は辛気臭いから明るい色にしろとか、ターゲットが女性だから片隅に花の写真を入れろとか。理由はわからないけど、ただ自分の言う通りにしろって。これでも係長が実際に口にしたわけのわからん口出しの百分の一にもならない。まったく納得がいかなくて、すみませんがご指摘の訂正の方向性について理由を教えていただけませんでしょうか？　と聞いてみれば答えはいつだって「なんとなく」だった。何かの理論があるとか、私を試しているとかではなくて、なんとなく。

そうやって数か月は涙をこらえて自分のデザインを曲げていた。私より長くこの会社に勤めている人が同じチームに入ってきて、衝撃的なアドバイスをくれた。

「それ、修正しなくても大丈夫だよ。どうせハン係長にはわかんないから」

そうだった。ハン係長の知能は鶏レベルで、自分がどの部分を直せと言ったのかさえ覚

えていない。何時間かウンウン格闘するふりをしてまったく同じデザインを見せに行っても
「よーし。だからこのほうがいいって言っただろ！」

と、何の役にも立たない自分の美的センスを褒めたたえるのだった。

そのほかにも、本人の業務は私に丸投げ、うまくいけば成果は横取り、業務時間に仕事はしないでマッサージチェアでうたた寝、という体たらく。私にとっては髪が抜けるほどのストレスだった。

ところが半月前、私が脱毛にいいシャンプーを同僚に聞いてまわるころから、係長は変わった。まるで悟りでも開いたかのように。

まず人の心を逆なでするような指摘がなくなった。係長はそのころから同僚らに自分の意見を押しつけなくなった。むしろ私たちのデザインを快く受け入れて評価してくれた。いつだって休みなくあーだこーだ言っていた口もつぐんだ。もともと係長はマッサージチェアで昼寝をするとき以外は、いつも自慢や偉人の言葉をしゃべり続けていた。だけど変わってからは自分の話はやめて、黙ってみんなの話を聞くようになった。ランチタイムも仕事中も飲み会でも、黙々と私たちの会話を聞くだけだった。

本当に、問題だらけだった係長は、心を入れ替えて別人に生まれ変わったみたいだった。

同僚のみんなは、これは一体何事かと、お祭りムードになった。

だけど、私は一人で疑っていた。

そもそもハン係長は無能だけど、仕事には大きな関心を持っていた。それが今ではどうだ、文字列がガタガタだったり、片方の余白が大きすぎたり、背景色が派手すぎて文字が読めなかったりするどうしようもないデザインを見ても、首振り人形のようにぼんやりとうなずくばかり。

それに静かになった係長は、こちらの会話を「盗み聞き」しているようにも見えた。特にプライベートの話を。私たちが前の週末をどう過ごしたかとか、次の休暇はどうしようとか話していると、動きを止めてそっとこちらをうかがっている。そんなときに目が合うと、あわてて目を逸らすのだ。

それでもそのくらいのレベルなら問題にするほどじゃなかった。何よりもそれまでの不快な言動がなくなって助かっていた。

だけど、変わってから一週間ほど経ったくらいかな、係長と同じエレベーターに乗ることがあった。すぐ私に話しかけてきて、私は嫌がるそぶりをギュッと押し殺して笑顔で答えた。

「キム主任は一人暮らしだって言ってたね？」

「最近はまた家族と一緒に住んでます」

「どうして？　一人暮らしがよくないか？」

「そうなんですけどね。急に怖くなってしまって」

「意外と怖がりなんだなあ」

「ハハハ……。ところで、係長もご両親と一緒にお住まいでしたよね」

「うん。この歳になって両親と一緒に暮らすのも楽じゃないけどね」

「お世話をすることも多いでしょうね」

「世話することもあるし。この歳で小言を言われるんだから」

「お母さまからですか？」

「うん。昨日もうるさく言われたよ」

ぎこちない会話をしているうちにチーンとエレベーターが到着を知らせた。すぐにドアが開いて、係長が先に降りた。私も降りようと一歩踏み出した瞬間、忘れていた事実を思い出した。

ハン係長のお母さんって、お亡くなりになったはずでは……？

確かにそう聞いた。パク次長が葬式に参列したって。それなのに、昨日お母さんから小言を言われた？

戸惑っていると、エレベーターはドアを閉めて下降を始めた。エレベーターの中で、私は係長の言葉を繰り返しつぶやいていた。

＊＊＊

この事件が解決しないうちに、また別の事件を目撃してしまった。数日前のことだ。

ちょっと小腹の空く午後、お菓子を取り出そうと給湯室に向かった。念のため覗いてみると、中にはハン係長がいた。目が合えばまた面倒なことになると思って、タイミングを計りつつ、様子をさぐりつつ、ドアの脇で待っていた。

そのとき、給湯室の引き出しの下から小さなゴキブリが這い出してきた。気持ち悪くてギャッと叫ぶところだったが、私は口をギュッとつぐんだ。ドアのところに立っているのを係長に見られたくなかったから。それに係長がどう反応するかな、と気になって。係長は、虫が大嫌いだ。臆病な私でさえ、係長のために代わりに頑張って取り押さえてやったほどなんだから。

ゴキブリは引き出しをよじ登ってハン係長のコーヒーカップに向かった。びっくりしてひっくり返るぞ。ふふ。私は興味津々で見守った。

だけど、私が予想していたリアクションじゃなかった。係長はゴキブリをじっと見つめるだけ。恐怖で固まってしまったのかと思ったが、顔には何の表情もない。ところが突然、係長が虫に向かって両手を伸ばすと、あっという間にゴキブリを両手の平に閉じ込めて持ち上げるじゃありませんか！

予想外の展開に私があっけに取られていると、続いて衝撃的な光景を見てしまった。係長はその手を口に近づけて、ヒュルッと吸いこんだ。何を？　って、ゴキブリを。死体に向かって銃を撃つみたいに、彼が口を動かすたびに茹で蚕[*4]を噛みつぶすような音が聞こえてきた。

吐き気がして口を押さえた。そのとき、係長がふっと振り返った。私はあわててドアから離れて、小走りに事務室に戻って席に座り、モニター画面をつけて仕事のふりをした。まもなく事務室に戻ってきた係長は大きな声で同僚たちに聞いてきた。

「あのー、今給湯室に来た人いるー？」

みんな自分じゃないです、とブンブン首を振った。私も目を合わせないように同じく首を振った。ラッキーなことに、私が席を立っていたことに気づいた人はいなかった。

こんな事件が何度かあったけど、会社の人には打ち明けるわけにいかない。そりゃそうだ、異常すぎるんだもの。おかしな行動でもレベルによっては陰口のネタになるけど、今この状況は怪しすぎる。まるで係長が別人になってしまったみたいだ。

誰にも話せなくて一人で悩みを抱えていたけど、一杯飲んでから家で決心した。インターネットに書き込んでみよう。よく見ている掲示板があった。世の中の興味を引くありとあらゆる奇怪な話がアップされる場所。私は掲示板に入り「書く」のアイコンをクリックした。

［カテゴリー］職場の愚痴
［タイトル］いかれた上司が突然やさしくなったんですけど、何か変なんです。

こんにちは。私はある中小企業でデザイナーとして働いています。うちの係長は本当に使えない人で、ニックネームは鳥頭です。ところが、このところ……

最近のハン係長の問題行動と奇行を並べ立てた。それから五分くらいスマホを握ってい

＊4　韓国では酒のつまみなどとして食べる。

たけど、酔いがまわって気絶するように寝てしまった。

＊＊＊

翌日、ひどい二日酔いで目が覚めた。一日中気分が悪くて頭痛もひどく、夜になってようやくベッドからはい出した。夕飯にお粥を食べているときに、ふと、前の晩に掲示板に書き込んだことを思い出した。すっかり忘れていた。私はすぐにアプリを開いて掲示板を見る。開いたとたんものすごい数の通知が出ていて目を疑った。五十六？ クリックしてみると、私の書いた文に五十六のコメントがついている。さらに驚くべきことに、私の文が「今日の注目第一位」として紹介されている。すぐにコメント欄を開いて、コメントに目を通した。

最初のころのコメントは各自の職場の上司に対する悪口と、「人はゴキブリを食べることができるVS.できない」をめぐる的外れな論争がメインだった。はあ？ 何これ。私の書いた内容読んでる？ ネチズンの読解レベルにがっかりしつつ、コメントを読み進める。

すると、真ん中あたりに「参考になった」の数がすごく多い長文のコメントが一つあった。

[tomorrow9]

単刀直入に言います。あなたは非常に危険な状況です。

読んでいてとても心配になりました。

もちろん、人は誰でも自分の本来の姿とは違う言葉と行動をするときがあります。

しかし、ごくまれに、すさまじく豹変することがあります。

しまいには、それまで想像もつかなかったことまでするのです。

高い確率でその人はほかの存在に取り憑かれている可能性があります。

ほかの存在というのは……悪霊のようなものです。

人を喰《く》らう悪霊です。

寄生虫のように、その人の体を乗っ取ったのです。

今の状況ではもしかしたら、悪霊に取り憑かれた本人よりも周りの人たちのほうが危険かもしれません。

悪霊は自分が行動して生き残るためには当事者を殺すことができません。

寄生虫と宿主のような関係です。

しかし、周りの人たちは？

いくらでも殺せます。
悪霊の狙いは、命をできるだけたくさん喰《く》らうことだからです。
あなたの上司は豹変してから、あなたとほかの同僚たちの私生活について聞いたり
急に馴れ馴れしくなったりしていませんか？
一人暮らしをしていないか、とか、帰宅するときは一人か、などを尋ねてきます。
もしそうなら、すぐに逃げてください。
あなたや周りの同僚の命を狙っているかもしれません。
今すぐそのまま逃げてください。お願いします。

ゾゾッと鳥肌が立った。全部当てはまる。ハン係長がデザインチームのみんなの私生活に関心を持つようになったこと、私に一人暮らしかと聞いてきたこと。掲示板には書いていないのに、この人はどうしてわかったんだろう？　人を喰《く》らう悪霊だって？　係長が悪霊に取り憑かれているってこと？
その後に続くコメントはすべてこの長文コメントの影響を受けて、ほとんどが「怖い」、「鳥肌が立つ」って感じのもので「スレ主が心配だ」、「今すぐ会社を辞めろ」というコメントまであった。

ちょっと待って、いくらなんでも会社を辞めてどうしろっていうの？　ありえないよ。全部嘘っぱちだ。オカルトに心酔した一人のネチズンが、適当に言ったことがたまたま当てはまっただけだ。ありえないでしょ、悪霊とか、化け物とか。

と、信じたいところだった。昔の私だったら本当にそう信じていただろうけど、実はもうわかっていた。化け物は存在するって。この目で見たんだから。人の頭を軽々と握りつぶした怪力を。目が合うだけで身動きもできなくなるおぞましい気の力を。

頭がくらくらしてきたとき、通知が一つ届いた。ＤＭだった。

[tomorrow9]

書き込みを読んで心配になったのでＤＭを送ります。

この問題を解決できるベストな巫女《ムーダン》を知っています。

お力になれるかと思って。

＊＊＊

そういうわけで生まれて初めて「占いの館」を訪ねた。日月将軍《イルウォルチャングン》。長文コメントをつけ、その後ＤＭを送ってきた「tomorrow9」が推薦してくれた巫女《ムーダン》だ。

私が考えていた「占いの館」とは違って、それは商店街の洗練されたビルの一階にあった。「日月将軍《イルウォルチャングン》」と看板が出ている場所をみつけてドアの前に立つ。落ち着くために深呼吸をする。実は少し怖かった。〝こんなところ〟に来るのは初めてだから。だけど、負けてはいられない。会社を辞めるわけにはいかないんだから。そう決心して力いっぱいドアを開けた。

が、入ってすぐ私の目に飛び込んできたのは、逆さまに浮かんでいる人体だった。逆さになった頭からはざんばら髪が流れるように下に垂れている。だらりと下がった腕、そして下から私をじっと見上げる両目。

「ギャッ！」

私は悲鳴をあげ、顔を覆って座り込んだ。これは化け物だ！　私は化け物の懐に自分の足で飛び込んでしまったに違いない。化け物だよ！

「もう、びっくりした」

そのとき、ひっくり返っていた人の上半身がゆっくり水平になってから起き上がり、後頭部の一部だけしか見えなくなった。

私は目を見開いて、もう一度見た。人が逆さになっていただけだった、幽霊じゃなくて。

遊歩道やフィットネスクラブによくある、逆さになってぶら下がる健康器具から降りてきた女性が私に話しかけた。

「何をしているの、あそこに行って座って」

「どうしてここに健康器具が……？」

「血液循環にいいのよ」

私はあっけに取られてろくに口もきけず突っ立っていた。どうして占いの館で逆立ちしてるの？ それにあの人はどうしてあそこにぶら下がっていたの？ ぽかんとしたまましゃがんでしまうと、その女性、つまり巫女《ムーダン》が私の顔の前でパチンと指を鳴らした。その音で我に返って、ようやく立ち上がって彼女について行く。

奥の部屋に入ると、祭壇が目に飛び込んできた。壁には西洋画風の将軍の絵が貼られており、その前にろうそくや仏像、花などが一貫性なく置かれている。あまりの派手さに目を奪われて眺めていると、巫女《ムーダン》に呼ばれた。

「ここに座って」

振り向くと、巫女《ムーダン》は中央にある大きな机の奥で革椅子に座っていて、その向かい側には私のものと思しき空席があった。私は彼女に言われるままに席に着いた。

「さて、どのようなご用件で？」

「えっと、職場の上司のことなんですが……」

私から情報を聞きだしながら巫女《ムーダン》はバラバラになった髪を一つに結んだ。まるで昔の将軍のようにすっきりとしたヘアスタイルと、人の心の中まで見透かすような鋭い目つき。きちんとした白いシャツを着て、座っていても背が高いのがわかる。その姿に、どこかで見たような親しみが込み上げてきた。高校の同級生？　昔の職場のクライアント？　と、考えていると、一瞬ある場面が頭の中を突き抜けていった。

「巫女姉《ムーダンオンニ》さん！」

私が隣室の騒音を解決するために、護符を書くときに参考にした動画の主人。登録者数十八万のユーチューバー「巫女姉《ムーダンオンニ》さん」だった。動画を何度も見て護符を書いたので、顔を覚えていた。

「登録者なの？　うれしいな」

芸能人に会ったような浮かれた気分はすぐに消えて、私は前回の護符のおぞましい結末を思い出した。あの護符のせいで、私は初めて人間ではない存在を見ることになったのかもしれない。

そして今、目の前にはあの護符の書き方を教えてくれた人がいる。とんでもない偶然に興奮した私は、あの事件について息つく間もなく話しはじめた。

「実は私、護符を書いたことがあるんですが……」

巫女姉《ムーダンオンニ》さんは真剣に話を聞いてくれた。ちょっと深刻な表情で。私の話が終わると、彼女は聞いてきた。

「もしかして、そのとき書いた護符、まだ残ってる？」

「捨てましたよ、不吉なんで。一応、写真は撮ってあります」

私はスマホを取り出して、以前書いた護符の写真を見せてあげた。巫女姉《ムーダンオンニ》さんは写真を拡大してしばらくじっと見ると、スマホを返して今度は私の顔をじっと見た。

「今日はこの件で来たの？　違うんでしょ？」

さすが巫女《ムーダン》だ。私が来た理由はお見通しみたいだ。

私は単刀直入に、用件を切り出した。

「職場の上司のことで悩みがありまして」

巫女姉《ムーダンオンニ》さんに、ハン係長の豹変ぶりについて何もかも打ち明けた。特に亡くなった母親が生きているかのように話したことと、ゴキブリを食べたことを強調して。私の話を聞き終わった彼女の表情はとても深刻だった。心の奥底から不安が広がった。彼女はしばし考え込んでいる様子で、それから口を開いた。

「ちょっと危険かもね」

「本当ですか？　何が、どう危険なんですか？」

巫女姉《ムーダンオンニ》さんは一息おいて話を続けた。

「取りあえず、あなたの職場の上司は今、悪霊に取り憑かれている。これは確かだよ」

「悪霊ですか？」

どこかで聞いたような言葉遣い。私の書き込みについていた長文のコメントで、ハン係長を指していたまさにその単語だった。

「人ではない存在、悪霊。人間の体に取り憑いてその体を奪って周りの人間に害を及ぼすヤツら。取り憑かれた人は以前とはまったく違う言動をするようになる。それが悪霊の特徴なの」

コメントとほとんど同じ説明だ。あのときコメントを読んだだけでは、受け入れがたかったけど、同じような言葉を繰り返し聞くと、今まで知らなかった何か大きな世界観に近づいた気がした。私が深刻に考え込んでいると、彼女はまた話を続けた。

「それに、前回護符を書いたときに会ったっていう、隣室の女の人、その人も悪霊に取り憑かれていたんだと思う」

「あの人も？」

「人間の力ではなかったんでしょう？　しかも心臓を食べたって。私たちがごはんを食べるみたいに悪霊は人の心臓を喰《く》らうんだよ。そうやって精気を養って力をつけていく」

やっぱり、あの力は人間のものではなかったのか。私は軽々と男を殺して、獣《けもの》のようにクチャクチャと喰らっていた姿を思い出すと、それよりも恐ろしいことに気づいてしまった。あの女と同じように、ハン係長も悪霊に取り憑かれていたとしたら？

「じゃあ、うちの上司も……」

「周りの人を殺して、心臓を喰《く》らおうとしてるんだろうね」

あの隣人のように喰い殺されるのは、私かもしれない。

頭が痛くなってきた。よりによって自分の職場の上司が悪霊に取り憑かれるなんて。逃げようと思っても、転職も簡単なことじゃないし、同僚を置いて一人で逃げるわけにもいかない。進むのも地獄、残るのも地獄。私は藁《わら》にもすがる思いで、巫女姉《ムーダンオンニ》さんに聞いてみた。

「では、私はこれからどうしたら……？」

「悪霊は退治しないと」

巫女姉《ムーダンオンニ》さんの口から出た「退治しないと」という言葉は、病気の患者に「治療しないと」という医師のような口ぶりで、一瞬「悪霊退治」が普通の日常的な行為のように感じてしまった。

「死んだら困るでしょ。その前に悪霊退治しなくちゃ」

「悪霊をどうやって退治すればいいんですか……？」

「私に任せて」

「なるほど。では費用は……」

彼女はペンで紙に何かを書いて、私に差し出した。

一、十、百、千、万、……百万？　数字を読んで開いた口がふさがらなかった。えーと、ハン係長なんかのために、こんな大金を払えってこと？　だったら悪霊と一緒に会社に通うほうを選ぶよ。

悪霊との共存を私が真剣に検討していると、巫女姉《ムーダンオンニ》さんがあらためて話を切り出した。

「高すぎるなら、少しディスカウントもできるけど、一つ条件があるよ」

「条件って、何ですか？」

「あなたが悪霊退治を手伝ってくれればいい。手伝ってくれれば割引価格で」

巫女姉《ムーダンオンニ》さんは再び紙に新しい金額を書いた。二十八万九千ウォン。[*5]なんと七割引きだ！

これってほぼタダなんじゃない？

「やらせていただきます、悪霊退治」

そうやって私は契約書を作成して（今考えてみると、失敗しても返金できないと書かれていたような気もするけど）、一括払いでカード決済をしてから家に帰ってきた。

その日はすがすがしい気分で眠ることができた。だってすぐに悪霊退治が始まるんだから……。

＊＊＊

いつもより遅い出勤。会社の前。私は少し疲れて、緊張してた。今日はやっつける仕事があるのだ。

「よく聞いて。ポイントはバレないことだよ。まともに相手にできない状況で『お前が悪霊だってことはわかっている』ってニュアンスが出たら危険なの。だからひそかに、バレないように息の根を止めなくちゃいけない」

悪霊退治の契約をするときに巫女姉《ムーダンオンニ》さんが教えてくれた。契約を終えて封筒を一つ渡された。開けてみると、中には少量の小豆と細い枝が何本か入っていた。

＊5　日本円で約三万円。

「これはただの小豆じゃない。私が特殊加工をした悪霊退治専用の特製小豆だよ。これをあなたの上司に食べさせて」

「どうやって？」

「それは自分で考えてよ」

その日、家に帰ってハン係長に小豆を食べさせる最も自然な方法を考えてみた。そのとき、脳裏に思い浮かんだアイデアが一つ。

鯛焼きだ。小豆が入った食べ物の中で、最も大衆的で肌寒い日にぴったりで、会社でおやつに配ってもおかしくない食べ物だ。

すぐさまインターネットで鯛焼きの鉄板とあんこ、それから鯛焼きを入れる紙袋を注文した。

荷物は翌日到着した。そして私は一日中、鯛焼きを作った。最初は生地が固すぎたりあんこがはみ出したりして、食べられたものじゃなかった。だけど、時間をかけるうちに作業に慣れて、夜中の二時頃には街中の屋台で売っているのと遜色ない鯛焼きができるようになった。

これでよし、と。私は最後の鯛焼きに巫女姉さん《ムーダンオンニ》にもらった小豆を茹でて作ったあんこを入れた。そしてほかの鯛焼きと一緒に密封して冷凍室に入れた。

そうやってほとんど徹夜で完成させた鯛焼きを、今日会社に持ってきたのだ。私はこっそり給湯室に入って鯛焼きを電子レンジで解凍し、まるで買ったばかりのように紙袋に入れておいた。これで私の仕事は終わりだ。紙袋を片手に、事務室のドアを元気よく開けた。

「みなさーん、鯛焼きをどうぞ！」

普段の出勤時刻より少し遅く到着したので、デザインチームの同僚はみんな席についていた。おやつを買ってきたと言うと、みんな食いついた。もちろん、ハン係長も。

「キム主任が買ってきてくれたんですか？　うちの会社の近くでは売っていないのに。どこで買ったんですか？」

「あの通りの向こう側まで行ったんです。すごく食べたくなっちゃって」

同僚の鋭いツッコミに、私は答えをごまかしながら鯛焼きを配っていった。ハン係長には、ひそかに目印をつけておいたムーダン特性小豆入りの鯛焼きを渡した。係長は何の疑いもなく受け入れた。よし、食べる、食べるぞ！

「なんだー、シュークリームじゃないのかー」

と言うと、係長は鯛焼きを紙袋に戻した。

予想外の展開だ。

「えっと、これはあんこの入った鯛焼きだから食べないんですか？」

「うん、俺はシュークリームしか食べないんだ」

「でも、鯛焼きのほうがおいしくないですか？」

「シュークリームのほうがおいしいよ」

「かもしれませんが、この鯛焼きはあんこが本当においしいんですよ。一度召し上がってみるのもいいんじゃないですか？」

「いや、俺はあんこがダメなんだよ」

「でも……」

「キム主任。係長は鯛焼きを食べないって言ってるのに、どうしたの？」

私のリアクションが異常だったので、そばにいたパク次長が顔色をうかがいながら止めに入った。でもね、貴重な週末の一日を捧げて、睡眠時間まで削った努力が水の泡になるところで、同僚の言葉が耳に入るわけないでしょ。

「あんこ美味しいじゃないですか。一口召し上がってみてください」

「俺はシュークリームしか食べないんだってば！」

「あんこもおいしいですよ。マジで、一度だけ食べてみてください、一口だけでも！」

「食べない！」

ここで止めときゃよかった。でもほぼ徹夜状態で、思考は麻痺して、衝動は暴走した。

頭の中は、何とかしてハン係長にこの鯛焼きを食べさせなければという考えでいっぱいだった。

私が鯛焼きを手に追いかけると、ハン係長は怯えた目つきで逃げ始めた。

「どうして食べないんですか！」

「食べないよ、あんこは嫌いだ！」

「どうか一度だけ召し上がってください、どうか！」

「いやだ！　キム主任が食べればいいだろ！　俺は死んでも食べないからな！」

事務室の机を中心にぐるぐると回りながら追撃戦を続けた。まるで私は狩人、係長は野生動物になったみたいに。そうやって三周くらい回ったときだ。

「二人とも、いい加減にしろ！　やめなさい！」

パク次長が叫んだ。私はその声にハッとして、我に返った。

「これは僕がいただきます。二人とも落ち着いてください」

そう言って、次長はぐちゃぐちゃになった鯛焼きを私の手から奪って口に入れてしまった。それと同時に、同僚が近づいてきて私の腕をつかむと休んだほうがいいよと言って、私を部屋から引っぱり出した。

＊＊＊

やっちまった。同僚から「おかしいよ、どうしたの？」と言われ、事件を目撃した隣の部のパク次長にも怒られた。それからというもの、ハン係長はそのことに二度と言及しなかったが、私に話しかける回数がぐっと減った。

最悪なのは、私が鯛焼き狂いだという噂になってしまったことだ。一緒に飲み会に行った日、パク次長が道端にある鯛焼きの屋台を見て、

「キム主任、鯛焼きに目がないんだよな。いくつか買ってあげようか？　もちろん、あんこたっぷりのヤツを」

と言いだして、みんなからクスクス笑われることもあった。

何日かの間、自責の念と後悔で落ち込んで「もうお終いです」と巫女姉さん《ムーダンオンニ》に嘆きのメッセージを送った。すぐ返事が届いた。

すぐ作戦その二に行きます。私があげた物があるでしょ？　十回ちょうどだよ。

私の嘆きなど無視して核心だけを伝えるメッセージだった。その言葉を見て、私もやら

かしたことは一旦忘れて、巫女姉《ムーダンオンニ》さんに渡された木の枝を取り出してみた。小豆と一緒にもらった桃の木の枝だった。彼女は小豆を食べさせることが無理なら、これでハン係長の頭を十回だけ引っ叩けと言った。打撃は最も効果的な悪霊退治の方法だ、とつけ加えた。

だけど、簡単じゃないよ。どうやって上司の頭を十発も引っ叩くというのか。しかも、鯛焼き事件まであったのに。ベッドに横になって数百の状況をシミュレーションしてみたけど、どの方法も不自然だった。

＊＊＊

一週間ほど自粛期間にした。それから今朝、新たな決心とともに会社に着いた。「あれ」を実行しようと決めて。今回こそ、本当にぴったりのよい計画を思いついたから。前回のように問題を起こさずに、颯爽と遂行できる計画を。かばんに桃の木の枝を入れて静かに事務室に入った。

一日中まじめに働くふりをして様子をうかがった。同僚のみんなの警戒が緩み、雑談を始めるその瞬間を待った。そして四時四十分。時は来た。私は自然に木の枝を取り出した。

「ああ、気持ちいい」

木の枝を何本か束にして自分の肩を叩いた。マッサージのふりをして。隣の席にいたチェ主任が私をちらっと見ただけで、ほかの人は誰も私に関心を持たなかった。計画通りだ。

私は立ち上がり、肩と首を叩きながらうろうろ歩いて、ハン係長の後ろに立った。

「係長、マッサージしてあげますね」

マッサージのふりをしながら頭を叩く。眠れずに考えた数百のシナリオの中で最善の方法だ。

「いいよ」

「うちの母が智異山《チリサン》から持ってきた松の枝です。本当にすっきりしますよ。係長はいつも肩がとても凝っているみたいなので、ずっと一度マッサージしてあげたかったんですよ」

同僚全員の視線が私に集まった。普段口にしないのに、急におべっかを使っているからおかしく見えたみたいだ。だけど、こちらも切羽詰まっていた。

「じゃあ、やってもらおうかな」

「本当にすっきりさせますから」

束になった木の枝で必死に係長の肩と首をたたいた。ハン係長はといえば、これといった反応はなかった。そもそもマッサージ用じゃないし、すっきりすることもないから当然だけど。

そろそろ肩や首への打撃に慣れてきた今がチャンスだった。

「これで頭をマッサージしても、本当に気持ちいいんですよ」

叩く場所を徐々に上げて、ついに頭を狙って軽く叩いた。同僚たちは「今、何やってるんだ？」という目つきで私を見ていた。この状況が異常なのか正常なのか、区別がつかないという表情で。私は意に介さず叩き続けた。三つ、四つ。これはただのマッサージですよー。五つ、六つ。あと少し！　七……。

その時、前とは違う感覚が手に伝わった。黒い物体が木の枝の先にくっついて揺れている。

カツラだった。

ハン係長のカツラが枝の突き出た部分に引っかかって、揺れていた。私はあわてて、カツラを元の場所に戻すべく再び枝を振った。だけど、照準を誤ったのかカツラは係長の頭に戻るどころか放物線を描きながら飛んでいき、チェ主任の机に置かれていた卓上ミニストーブにポトリと落ちた。

急いでチェ主任の席に駆けつけた。ハン係長のカツラはストーブの安全グリルの中に入り込んで、熱い熱気を噴き出すヒーターに接触していた。椅子に座ってあわてた顔で私を見上げるチェ代理を押しのけて、私は腕を伸ばして震える手でカツラの先端部分をつかんで持ち上げた。確かめてみると片方の先がチリチリと縮んでいて、焦げた匂いがぷんぷんと漂っていた。大変だ、焦げてしまった。気ばかり焦ってフーフーと息を吹きながら焦げた部分を叩き落していると、誰かが近づいてくる気配を感じた。ハン係長だった。係長は、私の手からカツラを奪うと、静かに外に出ていった。彼が出ていった事務室は静まり返っていた。

＊＊＊

「キム主任、ほかの会社に当たっておくといいよ」

「例の事件」の数日後、私は人事課長に呼ばれて衝撃的なことを言われた。クビになったのだ。会社を。

「カツラ……カツラのせいですか？」

なんとか気を振り絞って聞いてみた。心当たりのある理由はそれだけだったから。

「そうじゃなくて、インターネットに書き込みをしたそうだね。ハン係長について」

心臓がドキリとした。苗字も変えてキムさんと書いたのに。それほど利用者が多い掲示板でもないのに。どうやって広まったのだろう？

「マーケティングチームのイ次長がフェイスブックの『怖い話』のページで読んだそうだ。元からハン係長と親しかったから、文章を読んですぐに気がついたらしいな。係長はそれを知ってカンカンだった。ありもしないことを書いて人を異常者扱いするのかと、名誉毀損で告訴するというところを、なんとか思いとどまってもらったんだよ」

無断コピーがフェイスブックに転載されたんだなあ。そうかー。充分ありえることだった。そんなことも想像できずに掲示板に書き込んだなんて、自分のお気楽ぶりに嫌気がさした。だけどさ、腹が立つっていっても、みんな実際に起きたことじゃん。ありもしないことだなんて、名誉毀損だなんて。それは違うよ。

「引き継ぎの時間は充分にあげるよ。転職先を探しておいて」

人事課長の言葉は私の耳を右から左に抜けていった。私はまるで死刑宣告を受けたみたいに、途方に暮れて地面を見つめるだけだった。

＊＊＊

「はあ？　ありえない。カツラをちょっと焦がしたからって解雇するだなんて」

会社の近くのカフェだ。私と一番親しいチェ主任が、退職の話を聞いたとたんに私をここに連れてきた。そして、会社にはがっかりだと、ひとしきり会社を罵倒したおした。

「出て行けと言われたら、出ていかないと」

「悪い意図もないし、マッサージしようとしただけじゃないですか。突き詰めれば、髪の毛の管理を疎かにしたハン係長の過ちです」

「さすがに、それはちょっと言い過ぎ」

「ハン係長は血の気が多いから。逆に直接お願いに行ったらいいんじゃないですか？　係長が好きな甘い物でも持って。どうせ、怒ったことも忘れていますよ」

チェ主任は、繰り返し私を説得すると、トイレに行くと言ってしばらく席を外した。ほとんどの同僚は、私がインターネット掲示板にアップした書き込みの存在を知らないようだ。チェ代理は私が書いた文を読んだら、一体どんな反応を見せるだろうか？

その時、後ろのテーブルからひそひそと話す声が聞こえてきた。

「あの人だ。カツラ……」

変な感じがして振り向くと、ひそひそ話していた人たちがあわてて顔を逸らした。私の話だ。私が噂の主人公になっている。

今や変人は私なのだ。変人質量保存の法則という言葉でもあるんだろうか。一つの組織には常に一定量の変人がいるって。以前ハン係長が担当していたその役割を、今は私が引き継ぐことになってしまったんじゃないだろうか。ほかの人たちから見れば、ハン係長は理想の上司に生まれ変わり、私は上司におかしな真似をしてクビになる部下だろうから。

だけど、本当に異常なのはハン係長だったのに。ゴキブリまで噛み潰して食べていたのに。私が間違っているんだろうか。不思議な迷信に引っかかるべきじゃなかったのか。どこから間違ったのか、迷路にはまってしまった気分だ。

＊＊＊

遅い時間に公園に着いた。ハン係長に謝罪するためにシュークリームを箱入りで買って、彼の家の近くの公園まで来ていた。ふつうにカフェや食堂で会えばいいものを、なんでまた真冬の公園なのかと思ったけど、係長の意見だった。やけに人通りが少なく、ぽつんと離れた公園だった。

係長が到着したのは夜の九時ちょうど。いつもと違うリラックスした服装だった。係長はベンチに座った。私はハン係長の前に立ち、九十度にお辞儀をした。

「係長、本当に申し訳ありません。私が誤解をしたようです」

続いて、どうしてあんな誤解をしたのか、最近自分のメンタル状態がひどく悪かったことなど一つひとつ説明した。ハン係長は微妙な表情で聞いていていて、私の話が終わるとうなずいた。何を考えているのかよくわからない顔だった。

「お詫びの意味を込めて、係長の大好きなドラゴン製菓店のシュークリームを買ってきました。本当にお好きですよね。龍仁《ヨンイン》まで行かないと売っていないから、めったに買えなかったじゃないですか」

ハン係長にシュークリームのボックスが入った茶色の紙袋を渡しながら言った。

「前に買ったときに大喜びでその場で六個全部食べてしまったの、覚えていますよ」

「ああ、そうだったね」

ハン係長は紙袋からボックスを取り出し、シュークリームを一つ取った。私は突っ立ってハン係長が食べる姿を見守っていた。係長はあっという間に二つ、三つと取り出して食べた。その姿はまるで餓鬼のようにも見えた。

「おいしいですか？」

「おいしいなあ」

「本当ですか？　そんなはずないんですけど」

その言葉を聞いた係長はシュークリームを食べている途中で、顔を上げて私を見た。すると、急に息苦しくなったようで、強く咳こんで自分の首をつかんだ。しばらく苦しんでいたハン係長の瞳が、赤い色に変わった。青い毛細血管が首の下から稲妻のように顔に広がっていくと、すぐに顔の表面にボコボコと気泡のような瘤が沸き立った。人間とは思えない姿形だ。

本当だ、本当だった！　ハン係長が悪霊に憑かれていたのは間違いない。会社の上層部と私の書き込みをチクったマーケティングのイ次長に、この姿を見せたくてたまらない。ハン係長は、いや、その化け物の顔は少し落ち着いたが、まだ喉に何か詰まっているみたいで苦しそうだ。それもそのはず。ドラゴン製菓店です、といってハン係長に食べさせたシュークリームのパティシエは私だからね。それは巫女姉《ムーダンオンニ》さんにもらった小豆をたっぷり練り込んだ特製シュークリームだった。

＊＊＊

数日前に解雇通告を受けた日、私は巫女姉《ムーダンオンニ》さんに会いに行った。ショックで気が気でなく、お酒を何杯か流し込みながら、これまでの経緯をぶちまけた。

「私、これからどうしたらいいんですか、まじで！　会社もクビになったし、悪霊退治もできないし。これも全部、あなたのせいですよ」

彼女は酒臭い私の愚痴を黙って聞いてから、口を開いた。

「よく考えてみて。最初に私があげた小豆、どうしたの？　食べさせられなかった。作戦その二。桃の枝で叩くのは？　十回も叩けなかったよね。やれって言ったことを全然できていないんだから悪霊退治なんてできるはずがないでしょ。それにインターネットに投稿したのは誰？　カツラを燃やしたのは？　あなたでしょ？　自分の失敗でクビになったのよ」

それはその通りだったが、悔しくて泣き叫んで泣き言を言った。

「やってくれるって言ったじゃないですか、悪霊退治。最後まで責任を取ってくださいよ」

「誰がやらないって言った？　やってみようか、これで最後だよ」

巫女姉《ムーダンオンニ》さんは黄色い護符の紙と筆を取り出した。酔っていたせいか、彼女の背中に後光が輝いて見えた。

＊＊＊

さあ、後は巫女姉《ムーダンオンニ》さんが書いた仕上げの護符を使うだけだ。だけど、あれ？　どこにあるんだっけ？　ポケットとかばんを探ったが、護符が見当たらない。どこに入れたっけ？　物を定位置に戻さない癖が、こんなときに問題になるなんて！

右往左往しながら見逃したところがないかあちこちを探っていると、絞り出すような奇声が聞こえてきた。顔を上げてみると、化け物は体を揺らしながら動きだした。こっちに近づいてくる。ダメだ。

本能的に逃げ出した。化け物は苦しみながらも、めちゃくちゃ腹を立てていて、死ぬ気で追いかけてきた。護符はどこだ？　護符！　ポケットとかばんを狂ったように引っかき回した。

あった、ここだ。コートの内ポケットに折りたたんだ護符を見つけた。これさえ使えば……。

護符を使おうと振り返った瞬間、化け物は私の手を噛みちぎりそうに迫ってきた。驚いて身を引くと、護符が手からすり抜けていった。私の手を離れた護符は、ちょうど吹いてきた風に乗って遠くへ飛ばされていった。また走るしかない。やばい、やばい。ラストの一枚しかないのに飛んで行っちゃったらどうすんの。完全にお終いだってば！

目の前に滑り台とつながっている木の遊具があるのに気がついた。私はありったけの力を出して一気に滑り台を駆け上がった。化け物は私を追いかけてすべり台を走ってきたが、遊具の入口に頭をぶつけては、何度も下に落ちて行った。あいつはこの中に入れないはず。二時間前、私はあらかじめここに来て公園のすべての遊具の隅々まで護符を貼っておいたのだ。巫女姉《ムーダンオンニ》さんに言われた通りに。何のためだろう？　と思ったけど、こんなに役に立つとは。

体勢を立て直した化け物は、すべり台をあきらめて横から駆け寄ってきた。私は驚いて座り込み、体を後ろに引いた。幸い遊具の周りのフェンスと護符が「防御壁」になって、化け物は私を捕まえられなかった。化け物は獲物を逃した獣のように荒い息を吐きながらフェンスに頭を叩きつけている。その姿を見て安堵する一方で、さて、これからどうしたらいいのか、と考えた。化け物からは逃げたけど、実際には私が遊具の上に閉じ込められたわけだ。後ろにはしごがあるが、降りたところで地獄の鬼ごっこが再開するだけ。頼りの護符は失くしてしまった。私は閉じ込められた。あの化け物は怒りに満ちている。抜け出す方法がない。

巫女姉《ムーダンオンニ》さんは、ハン係長の体に入った悪霊は弱そうだから、私一人だけの力で捕まえられるだろうって言ったけど。言ったけど！　だけど、そんなのでまかせだ。護符はなくしたし、私はここに閉じ込められて何もできないで恐怖に震えている。

あの人は一体どこで何をしているんだろう？　いくらなんでも一般人に一人で悪霊退治をさせるなんてありえないよ。怖いよ。怖いんだよー、クソ巫女《ムーダン》め。

そのとき、誰かが化け物の頭を足で蹴り飛ばして登場した。

「巫女姉さん《ムーダンオンニ》！」

さっきまで心の中で罵っていたことも忘れて、私は興奮して滑り台を滑り降りた。うれしくて涙が出そうだった。

「こんなのも一人で捕まえられないの？」

占いの館で見たときとは別人で、ライダースジャケットに革手袋まではめて現れた彼女は、巫女《ムーダン》というより格闘家みたいだ。

「マジで死にかけたんですからね！」

私の訴えに耳も貸さないで、彼女は倒れた化け物の上半身を抱え上げてあちこちを見ていた。そのとき、化け物が突然奇声を上げて巫女姉さん《ムーダンオンニ》の顔に向かって口を大きく開けた。

彼女は後ろに飛びのいて立ち上がると、ポケットから何かを取り出した。護符だった。そして、ワニの曲芸を披露する調教師のように、あっという間に化け物の口の中に護符を入れると、そのままあごをつかんで化け物の口を閉じてしまった。化け物は嫌いな食べ物を口に入れられた子どものように体を震わせて苦しがっている。でも巫女姉さん《ムーダンオンニ》はヤツのあごをがっしりとつかんで離さない。

顔を覆っていた瘤と毛細血管がだんだん消えて、ハン係長の元の姿が戻ってきた。と同時に、係長は激しく咳きこみ始めた。死にかけの病人のように。

「このままじゃ死んじゃうんじゃないですか？」

「待って」

しきりにゲホゲホしていた係長は突然「ホオッ！」と息をのむような音を出して何かを吐き出した。巫女姉《ムーダンオンニ》さんは地面に落ちたそれを素早く拾った。

「宝玉？」

丸くて小さな玉だった。巫女姉《ムーダンオンニ》さんはその玉をコートのポケットに入れた。

そのとき、ハン係長は意識が戻ったのか、苦しそうな声を出した。巫女姉《ムーダンオンニ》さんは素早くハン係長の胸ぐらをつかむと、顔を一発殴った。

「目が覚めると面倒になるから」

殴られて再び気絶してしまったけど、とにかく悪霊は消えてハン係長は戻ってきた。あまりにも嫌いで毎日不幸になれと祈ったハン係長に会えて、こんなにうれしい瞬間があるだろうか。私の復職の鍵を握っている人物、クソ係長。

「これで、私はもう会社に戻れますよね？　ハン係長も元に戻ったし。今まで悪霊に取り憑かれていたとはっきりしますよね」

「さあ、それはどうだか？」

巫女姉《ムーダンオンニ》さんは荷物を片づけながら、立ち止まって私を見た。

「今だって悪霊に気づいているのはあなたしかいないのに、何か変わるかしらね？　ハン係長本人はおかしいと感じていても、会社では誰も気にしていないと思うよ。特に係長くらいの地位なら、なおさら。いや、あんたの上司は鈍くてバカだと言ってたでしょ。自分が異常だったなんて気づかないかもしれない。結論。主任が一人クビになったこと以外は気にもしないってこと」

絶望した。復帰できるという希望だけを信じて、悪霊から逃げてチビりそうな恐怖を乗り越えて悪霊退治をしたのに。じゃあ、これから私はどうすればいいんだろう。まーた転職準備をしなくちゃなのか。このところ不景気だし、新しい仕事が見つからなかったらどうしよう。お母さんには一体、何て言えばいいんだろう？

顔から血の気が引くのを感じたそのとき、巫女姉《ムーダンオンニ》さんが意外なことを言い出した。

「私のところで働くのはどう？」

「え？」

「デザイナーだって？　私のところでする仕事はユーチューブ関連のコンテンツ制作、護符のデザイン、そのほかの悪霊退治に関する業務。お金は今よりもっとあげるから私のところにおいで」

巫女姉《ムーダンオンニ》さんは内ポケットを探って、小さく折りたたまれた紙を一枚引っぱり出した。勤労契約書だった。

スカウトの申し出に胸がドキドキしはじめたが、私はなんとか平穏を装って契約書を読んだ。業務内容は少しおかしいが、悪くなかった。一貫性のない雑務がほとんどだったが、どうせ今も同じ立場だもんな。

「ほかの社員はいますか？」

「いないよ。私が社長で、あなたが社員、以上」

親の仇でも引き留めるといわれている五人未満の零細企業だ。[*6] けど、今よりよい給与がもらえる。そして何より、もう求職活動をしなくていい。履歴書を書いて、ポートフォリオを整えて、面接を受けて落ちて、悲しんで泣く、あの苦しい日々を二度と繰り返さなくてもいいという意味だ。

「行きます」

「よし、そこに拇印を押して」

巫女姉《ムーダンオンニ》さんが携帯用の朱肉を差し出すと、私は文句も言わずに親指を朱肉につけて契約書に押した。

「来週の月曜日から出てね」

「はい、わかりました！」

そうして私は一か月のうちに職場の上司に取り憑いた悪霊を見破り、会社を追い出され、悪霊を退治し、巫女《ムーダン》にスカウトされることになった。思いがけない方向へのキャリア転換だったが、どうせこれ以上悪くなることはないだろうと、私は少し無責任に楽観的に考えていた。

＊＊＊

ミョンイルは家に帰って部屋の電気をつけた。片づいていない物が床中に散らばっていた。最近、気を使うことが多くて掃除する時間がなかったし、と心の中で言い訳しながらソファに座った。少し休んだらシャワーを浴びないと。疲れが押し寄せてミョンイルがし

＊6　韓国では代表を含めて五人未満の小規模事業所では年次休暇や退職金の義務がないなど、勤労基準法の適用が異なる。

ばらく目をとじたとき、スマホのバイブレーションが震えた。

[hidragon]
tomorrow9さんのおかげで、事件がうまく解決しました。巫女《ムーダン》を紹介してくださってありがとうございます！

広報のためによく見に行っていた掲示板から届いたDMだった。ミョンイルはさっきまで一緒にいた人を思い出した。ぼんやりしているような印象、頑張っているのに、どこか抜けている仕事ぶり。しかし、それらの欠点を帳消しにするだけの執念と何かがある。自分の見る目は間違っていないはずだ。ミョンイルはそう思ってスマホの電源を切った。

episode

3

たこ焼き商売繁盛の護符

巫女姉《ムーダンオンニ》さんの下で働き始めてから、もう三か月が過ぎた。

スカウトされた瞬間だけは職探しをしなくていいじゃん、って浮かれていたけど、家に戻ると心配が押し寄せてきた。社員が私だけというのはともかく、ムーダンなんかの下で働かなくちゃならないなんて。しかも巫女姉《ムーダンオンニ》さんは普通の巫女《ムーダン》とはちょっと違っていて、私はどんどん不安になった。出勤する前の晩まで悩んでいたけど、何日か働いてみておかしな人間だったら逃げ出そうと決心すると、心穏やかに眠りにつけた。

だけど、そんな心配がむだになるほど、巫女姉《ムーダンオンニ》さんは思ったよりまともな人だった。仕事は聞いていた通りにデザインや編集業務だったし、必要なプログラムと装備をバンバン買ってくれたし、おかしな信仰を押しつけることも、いきなり化け物を見たり憑依状態になったりして私を怯えさせることもなかったのだ。

だからといって、巫女姉《ムーダンオンニ》さんが平凡な人だとは決して言い切れない。大学でデザインを専攻して会社に通い、この上なく無難な人生を歩んできた私にとって、巫女姉《ムーダンオンニ》さんはつかみどころがなく、一体何を考えているのかわからない、生まれて初めて出会う種類の人間だった。

どんなものかって？　少ない言葉で簡潔に説明することができないので、この三か月、私の雇用主である巫女姉《ムーダンオンニ》さんを観察した内容をレポートしてみようと思う。

一・詐欺師？

雇用主に対してこんな不純な気持ちを持ちたくはないけど、「この人は詐欺師じゃないか？」と思うことがときどきあった。最初のきっかけは、ここに来てから間もないランチタイムだった。

巫女姉《ムーダンオンニ》さんと私の二人で近所の食堂でご飯を食べているとき、私は気まずい沈黙が耐え難くて、何でもいいから会話のきっかけがないかとキョロキョロした。それから前日に客を迎えたとき、巫女姉《ムーダンオンニ》さんが将軍神を祀《まつ》っていると話していたのを思い出した。

「あの、将軍神を祀《まつ》っているんですよね？」

「うん」

「えーと、どんな将軍ですか？　名前くらいは私も知っていなくちゃと思って……」

かつてオカルト芸能バラエティー番組を好んで見ていたので、ムーダンたちはそれぞれ自分の神様を祀っているということくらいは知っていた。その神が運命のようにやってくることと、ムーダンの体に憑依して占いの結果を教えてくれることも。また神様ごとにそれなりの位があるということまで。

それで巫女姉《ムーダンオンニ》さんが祀っている神がどんな将軍なのか期待していた私が、聞いた答えは……。

「ジャンヌ・ダルク将軍」

「はい？」

「ジャンヌ・ダルクだってば」

古《いにしえ》の朝鮮半島の戦場を駆け巡った慣れ親しんだ名前を期待していた私の頭の中は、混乱した。ジャンヌ・ダルク？　私が知っているあのジャンヌ・ダルクで合ってる？

「本当にあの、ジャンヌ・ダルクですか？　中世の人？」

「うん」

そうですか、ジャンヌ・ダルク……。ないとは言い切れない。あの、遠いほかの国で亡くなった将軍殿だって、十分に韓国のムーダンの体に入ることはできるな。

何とか理解しようとしていると、放っておけない好奇心が湧いてきた。じゃあ、神と交信するときにどの言語を使うのだろうか？　ジャンヌ・ダルクはフランス人だからフランス語だろうか？　実は、巫女姉《ムーダンオンニ》さんはフランス語にも通じているエリートだったってこと？　ところでジャンヌ・ダルクと会話するには中世フランス語を使わなきゃいけないだろうけど？

だけど、私は雇用されてから一週間も経っていない新入りに過ぎないので、無礼に思われそうな言葉遣いはできるだけ避けて、相槌のような質問を続けた。

「ああ、ではジャンヌ・ダルク将軍が社長の体に降りていらっしゃるわけですね」

「違うよ。ちょっとかっこいいからそう言っているだけ」

巫女姉《ムーダンオンニ》さんは食べ終わったから出るよ、と言って会計に行った。私は余計なことを考えたせいで冷めてしまったお粥を虚しく眺めながら「えっ、じゃあ、ジャンヌ・ダルクは?」とブツブツ言っていた。

二. 商売人?

巫女姉《ムーダンオンニ》さんを最初に知ったのはユーチューブを通してだった。ところが驚くべきことに巫女姉《ムーダンオンニ》さんの活動範囲はここで終わりではなかった。数年間続けてきたネイバーブログから、フェイスブック、インスタグラム、スマートストア、中古マーケットなど数えきれないプラットフォームをまたにかけた、所得パイプラインの鬼才だったのだ。

私は六年以上も会社員生活をしながら、副業なんて考えもしなかったのに、と巫女姉《ムーダンオンニ》さんと比べて自分を責めたくなるほどだった。

ともかく巫女姉《ムーダンオンニ》さんがどれほど手広く、うまいことコンタクトを取っているかにかかわらず、今ではそのすべてが、唯一のスタッフである私が管理すべき業務の一部でしかない。

それはどういう種類の業務か？　この部分がまさに巫女姉《ムーダンオンニ》さんがとんでもない商売人ではないかと疑い始めた理由だ。

あなたは知っているだろうか？　最近はインスタグラムでも、手工芸品販売プラットフォームでも、しまいには中古品販売のアプリでも、護符を注文制作できるということを。巫女姉《ムーダンオンニ》さんはその中でもかなり人気のある販売者だった。

でも、この先はあなたも知らないだろうと断言できる。その護符は、私が書いている。明日食べる朝ごはんのメニューさえ予想できないほど霊感はなく、神に祈ったことなど子どものころトッポギを買ってくれるという言葉につられて母親と教会に行った、あの数回だけなのに。こんな私が出勤初日から護符を書く練習をして、今は販売用まで製作している。

私なんかが作った護符を人様に売ってもいいなんて信じられなくて、巫女姉《ムーダンオンニ》さんに聞いてみたこともある。これ、本当に効能があるんですか？　と。すると巫女姉《ムーダンオンニ》さんは心の底から気持ちを込めて作成すれば効果があるだろうと、はばかりもなく嘘をついた。しかし、私の疑い深そうな目つきが変わらなかったので「これは一種のセラピーだ」、「人は効能を望んで買うわけじゃない」などと、あれこれ並べ立てた。そして急に「あなたはデザイナーだから、護符をデザインするんだって考えてみて」とつけ加えると「やっぱりデザイナーは違うね。護符を選ぶセンスがあるわー」とお世辞を混ぜて、こちらの気持ちを困惑させた。

たまたま大学生のときに住民センターの文化会館でカリグラフィーを習ったことがあったから、私の護符は誰が見ても本物っぽかった。それで巫女姉《ムーダンオンニ》さんの言葉にうっかり説得されそうになった。しかし「護符のデザイン」とは。美術予備校で入試の準備をしていたころにも、視覚デザインを専攻していた大学時代も、現役のUX／UIデザイナーとして働きながらも、一度も聞いたことのないデザイン分野だ。

護符のデザインなんてことをやっていて、今後私のキャリアはどうなるんだろう？　土俗信仰及び宗教界デザインというニッチなマーケットに進出することになるんだろうか？　あまりに小さな隙間にはまって死んでしまうのではないだろうか？

こんなことを考えながら私はどうすることもできずに、人気が高いという恋愛成就の護符と金運上昇の護符を休みなく写真に撮っている。巫女姉《ムーダンオンニ》さんがどれだけ商売人だと言っても、実際の私はその商売人の一介のスタッフにすぎないのだから。

三．ハンター？

実は全部関係なかった。巫女姉《ムーダンオンニ》さんがジャンヌ・ダルクを祀《まつ》ろうが、マッカーサーを祀《まつ》ろうが、護符を私が書こうがＡＩで作成しようが。私の生活の安寧と平和を危険にさらさないのなら。先に挙げた二点は私を驚かせ、ときに深く悩ませもしたが、ただそれだけだった。

しかし、まるで「ハンター」のような巫女姉《ムーダンオンニ》さんの特質は、今の職場に対する私の疑問を増幅させるに十分だった。

何をハントするのかって？　ズバリ悪霊だ。隣の部屋の男を殺して、私にとんでもない恐怖を与え、ハン係長の体に取り憑いて私を会社にいられなくさせた、まさにそのものだ。巫女姉《ムーダンオンニ》さんは休むときも働くときも、悪霊に関するごくわずかな要素でも発見すると目の色を変えた。

ある日、食事を終えて二人で事務所に戻ってくるときだった。道の向こう側に人が群がっていてギャーギャー騒ぐ声が聞こえてきた。ケンカでもしているのかなと思って首を伸ばして覗いた瞬間、人だかりの中心から中年の女の怒鳴り声が聞こえてきた。

「この悪霊が！」

さっきまで目もくれなかった巫女姉《ムーダンオンニ》さんが、その叫び声を聞いたとたんすぐに駆け出した。私は一人で事務所に戻った方がいいものか深刻に悩んで、結局彼女を追いかけた。いつの間にか人波をかき分けて中心に行っていた巫女姉《ムーダンオンニ》さんは女に尋ねていた。

「悪霊、どこにいるんですか？」

「ここにいるでしょ、ここよ！」

女が指さした先には、ボコボコにやられた顔に眼鏡を引っかけ、服の一部がちぎれた中年の男性が地面に転がっていた。

「このっ、悪霊みたいなヤツ！　悪いヤツなの！」

恐ろしい勢いで女が殴るので、男は腕を上げて防ごうとするが防ぎきれていない。

「どういうことですか？」

「男がほかの女と同棲しようと逃げ出して、二年ぶりにつかまったらしいよ」

後ろにいた人たちの会話が聞こえてきた。真相を聞いたとたんに巫女姉《ムーダンオンニ》さんは興味を失い、背を向けて立ち去った。

その後もニュースで「新しい閣僚は……」と聞こえてきたとたんに「何？　悪霊だって？」と大声をあげて飛びついてきた。こんな調子でテレビだったり、日常的な会話だったり「アクリョウ」に似た言葉が耳に入るとすぐさま反応してきたけど、百パーセント聞き間違いだということが何度も起きた。

そうだ、詐欺師でも商売人でもハンターでも、私には関係なかった。なんであんなにも執着するのかわからないが、世の中には熱心に虫を捕まえる人がいるように、熱心に悪霊を捕まえる人もいるし、それが私の職場の上司だと思えば理解できないことでもなかった。

「あのこと」が始まる前までは。

＊＊＊

普段と変わらない平穏な午後だった。席がある奥の作業室で仕事をしている間、外から巫女姉《ムーダンオンニ》さんが私を呼ぶ声が聞こえた。事務室に行ってみると巫女姉《ムーダンオンニ》さんが机の前でノートブックを見つめていた。

「これ、ちょっと見て」

巫女姉《ムーダンオンニ》さんが指さすノートブックの画面にはニュース記事があった。

「職場内いじめ」による報復殺人……犯人は同じ会社の直属の部下
「何ですか、これ？」

「昨日発生した事件なんだけど、変な感じがしない？」

「特におかしなことは……」

巫女姉《ムーダンオンニ》さんはまた別のニュース記事を画面に広げた。よく似た二件の殺人事件の記事だった。

「わずか数週間の間に発生した事件だよ。今回を合わせて三回目なんだけど、似たような事件が続きすぎてると思わない？」

「そういうこともあるんじゃないですか？」

「さらに不審なのは、この部分」

巫女姉《ムーダンオンニ》さんが記事の一部をドラッグしてハイライトを引いた。「被害者の遺体からは心臓が消えており、このため臓器密売組織の動きを監視中」という内容だった。

「心臓？」

「そう、心臓。悪霊は心臓を食べるって知っているよね？」

ワンルームに住んでいたときに目撃した、隣室の男の心臓をクチャクチャと食べていた女の姿が一瞬で浮かんだ。あまりに残酷な記憶なので、忘れようとして頭を振った。

「疑わしいと思わない？　だから調査をしてみたの」

巫女姉《ムーダンオンニ》さんがファイルを開くと、複雑な関係図が広がった。十七人の中年男性の写真が散らばっていて、その下に小さな文字で個人情報がこまごまと書かれている。それに写真同士が矢印で結ばれて「同僚」「元同僚」などの関係が表示されていたり、三、四人ごとに同じ色の背景の中にまとめてあったりする。

目を見開いて関係図を見ていると、巫女姉《ムーダンオンニ》さんが中央部分を拡大した。「キム・サンイル」という名前が見えた。

「今回死んだのが、この人。メディアホームの戦略企画部長、キム・サンイル。それから数週間前に亡くなったのは隣にいるAB生命の常務チョ・ヒョンソンとハローツアーの理事、キム・ジュファン。この三人の共通点は何だと思う？」

全体を見ると彼らはすべて水色の背景の上に配置されていた。背景色の上部を見ると「Kゴルフクラブ」という文字が目に入った。

「三人とも同じゴルフクラブの出身。かなり密接な関係だよ。噂ではこの人たちが出世できたのは、互いの助け合いが大きかったって言われている。投資情報を自分たちだけで共有して経済的な利益を得るだけじゃなくて、人脈を動員してライバルになりそうなほかの社員の弱点を暴いて引きずり下ろすことも多かったって。この集団に属しているビジネスマンがもう一人いるんだ」

巫女姉《ムーダンオンニ》さんはマウスのホイールを回して画面を下げていく。するとさっきの水色の背景に入っているヤン・ミングという人物が見えた。

「イソクネットワークスの部長、ヤン・ミング。つまり、この人が次のターゲットになる可能性が高い」

なるほどですねー。私は巫女姉《ムーダンオンニ》さんの興味深い説明をぼんやりと聞きながらうなずいていた。自分に関係のあることだなんてまったく思っていなかったので。

「さあ、私たちはこの悪霊を捕まえにいくよ」

「私たちですか？」

「うん」

「私もですか？」

「当然でしょ」

困ってしまった。もちろん、ハン係長に憑依した悪霊を捕まえたことがあるにはあるが、そのときは自分が依頼した特殊なケースだと思っていた。捕まえてほしいと誰に頼まれたわけでもない悪霊をいきなり捕まえにいこうだなんて。

「どうやって捕まえるんですか？」

「とりあえず、会社の近くに車を停めて張り込みしよう」

「張り込みですか？　それより、車は？」

張り込みという言葉よりも車を停めてという言葉が気になった。私が知っている限り、巫女姉《ムーダンオンニ》さんはコンバーチブルの真っ赤なスポーツカーしか持っていないからだ。真っ赤なスポーツカーを停めて張り込みするなんて、スパイがファンファーレと共に登場するようなものないんじゃないの？　すると巫女姉《ムーダンオンニ》さんは私の考えを読んだかのように答えた。

「一台買うから、あなた用に」

予想外の言葉に自然と口元がほころびそうだった。「私の車」だなんて、だったら悪霊を張り込みするのもしんどくないかもしれない。業務用といえども自分だけの車を持つのは昔からの夢だった。顔がぱあっと明るい笑顔になっているのは確認しなくてもわかりきっていた。

「じゃあ、楽しみにしてて」

巫女姉《ムーダンオンニ》さんはそう言い残すと、客が来るからとその場からいなくなった。さてどんな車を買ってくれるんだろう？　軽自動車？　中型車？　お金はありそうだから外車を選んでくれるかもしれない。考えるだけでワクワクする。期待にはずむ胸を静められないまま、残りの業務時間の間ずっと夢の車を思い描いていた。

＊＊＊

数日後の朝早く、占いの館の前で巫女姉《ムーダンオンニ》さんを待った。前日「新しい車で行くから、目的地に直行しよう」と連絡が来ていた。寒くてバタバタと足踏みをしていると、すぐに聞き慣れた声が遠くから聞こえてきた。

「こっちこっち！」

声が聞こえる方向に停まっている自動車は、どうもおかしな形だった。それはかわいい軽自動車でも実用的なＳＵＶでもない、巫女姉《ムーダンオンニ》さんのスポーツカーのように真っ赤な……たこ焼き販売車だった。

信じられなくて、私はもっと遠くにほかの車がないか確かめようと反対車線まで確認した。しかし当然ながら、そこに巫女姉《ムーダンオンニ》さんはおらず、たこのキャラクターが描かれたキッチンカーだけが次第に近づいてくる。

「ここだってば、どこ見てるの」

とうとう目の前で車が止まった。するすると開く窓ガラスの向こうに巫女姉《ムーダンオンニ》さんがいた。

押し寄せる戸惑いを何とか隠して、私は質問した。

「本当にこれを買ったんですか？　たこ焼き？」

「うん、中古マーケットに安く出てたんだよ」

がっかりしている様子を見せないようにしたが、顔が急速にこわばっていくのを感じた。期待しすぎたのが間違いと言えば間違いだったけど、この車は期待はずれもいいところだ。

巫女姉《ムーダンオンニ》さんは私がフリーズしてしまったのに気づいたのか、あわてて聞いてきた。

「まさか運転できないの？　オートマ限定じゃないよね？」

「限定じゃありませんけど……」

「じゃあ、大丈夫。とりあえず乗って」

私は力なく助手席に乗り込んだ。巫女姉《ムーダンオンニ》さんは慣れた手つきでギアを動かした。私はおばあちゃんの家に行ったときに時々運転していたワゴン車を思い出しながら頭のなかで練習して、あまりにすんなりと受け入れる自分自身に腹が立って考えるのをやめた。

「しかし、なんで今回に限ってパターンがあるんだろ？」

「何がですか？」

「そもそも悪霊ってさ、目的はないのよ。誰かの体を支配して、その周りの人間を手当たり次第に殺す。それなのに、今回ははっきりしたパターンがあるでしょ？　まるで計画したみたいに」

「そうですね……。ああいうエリートたちの心臓はおいしいのかな？」

「今回はきっちり探っておかないとね」

話をしながら前方を見ると、都心の光化門《クヮンファムン》が近いという交通表示板が見えた。この辺りの風景は見慣れたものだ。会社員時代に毎日バスで通っていた道だった。少し驚いたが、巨大なビジネスエリアなのでおかしくはないと思いながら懐かしい風景を見回した。

ところが、次第に道幅が狭くなるにつれて不安が大きくなってきた。店の配置、信号の位置、通りに並ぶパネルのデザインまですっかり目に馴染んだものだ。これはマズいぞ、と感じたとき巫女姉《ムーダンオンニ》さんがイソクネットワークスの前の路肩にワゴンを駐車した。

私は車から降りたとたんに脇の小道に走って行った。そこには、しばらくの間うんざりしながら勤めていた会社のビルがあった。

「ここ、私が勤めていたところなんです」

「イソクネットワークスの社員と出張相談のアポがあるから、行かなくちゃ。ちょっと車見ててくれる？」

巫女姉《ムーダンオンニ》さんは私の言葉を耳にも入れずに、いなくなった。私はしばしあっけに取られて立っていたが、間違って知り合いに会うんじゃないかと思ってあわてて車に戻った。

そうだ、どうせ車に引きこもっていればすむことだ。私は心を落ち着けて窓の外を通り過ぎる人たちを観察した。近所のコーヒーショップで買ってきた飲み物を片手に通り過ぎる人や、急ぎ足でかけていく人、キックボードに乗って通りを突き抜けていく人などが、すれ違っていった。

普段と変わりのない通りを見ながら、「殺人事件が三件も起こっても出勤はするんだなあ……」なんて考えた。

日が沈むころ巫女姉《ムーダンオンニ》さんが戻ってきた。予約のあった五人の運勢を占ってきたのだという。

「何か少しわかりましたか？」

「情報通信部の職員が何人かいたよ。ヤン・ミングはそこの部長でしょ？　収穫もあったよ」

巫女姉《ムーダンオンニ》さんは、咳ばらいをして続けた。

「全体的にヤン・ミングの評判はあまりよくない。部署の人員は三十人くらいいて、この中からヤン・ミングに恨みを持たない人間を探すのが難しいくらいだって。それぞれの課の課長たちはもちろん、平の職員まで何かにつけていじめるんだって。誰の体に悪霊が取り憑いていてもおかしくなさそう」

「じゃあ、どうするんですか？」

「会社の中に入るのは難しそうだし、外から部署全体を確かめる方法が必要なんだけど。この問題はもう少し考えてみよう」

巫女姉《ムーダンオンニ》さんはシートに体を預けて目を閉じた。疲れて見えた。しばしの沈黙が流れた。黙って目を閉じている巫女姉《ムーダンオンニ》さんを見ていると、普段気になっている質問が一つふいに飛び出した。

「どうして、そんなにも一生懸命になって悪霊を捕まえるんですか？」

目を開けた巫女姉《ムーダンオンニ》さんは私を見つめた。

「急に何？」

「ただ、知りたくて。捕まえたからって大きな利益があるわけでもなさそうなのに、もしかして理由があるのかな、と思って……」

巫女姉《ムーダンオンニ》さんはすぐには返事をしなかった。沈黙が長引いて、余計な質問しちゃったなと後悔するころ、巫女姉《ムーダンオンニ》さんが口を開いた。

「宝玉のこと覚えてる？　あなたの上司に取り憑いた悪霊を捕まえたとき出てきたやつ」

巫女姉《ムーダンオンニ》さんは親指と人差し指を丸くくっつけて、玉の形を作った。私は当時を思い出した。悪霊から人間に戻った課長の口から飛び出した小さくて透明な玉。

「あれが半端じゃないんだよね」

巫女姉《ムーダンオンニ》さんはそういうと、丸を作っていた手を上下に振った。その仕草の意味は。

「お金？」

「一つだけでもとんでもない値打ちだって聞いたの。まあ、そのためだけでもないけど」

その言葉を聞いた瞬間から、頭の中が宝玉のことでいっぱいになった。見た目はただの平凡な玉のようだが、実はとんでもない機能を持っているんだろうか？　とんでもない値打ちっていくらだろうか？　数百万ウォン？　数千万ウォン？　巫女姉《ムーダンオンニ》さんはこんなに高価な物を手に入れたのに、私には何もしてくれなかったということなのか？

さまざまな想像が駆け巡る頭の中に、巫女姉《ムーダンオンニ》さんの言葉が聞こえてきた。

「今日はヤン・ミングの顔だけでも見た？」

「一度も見てません。今日、会社に来ているかもわかりませんよ」

「通り過ぎたのに気づかなかったんじゃないの？」

「違いますよ。本当に一生懸命見てたんですから。目玉が落ちるかと思いましたよ」

ときどきスマホを見ていたのは事実なので、声だけ大きくなった。話を方向転換しなくてはと思って、あわてて別の話題を出した。

「昼間、車に座っていたらドアを叩く人がいたんですよ。びっくりして窓を下ろしたら、ここでたこ焼き売っていないのかって。マジであきれちゃいません？」

ただ笑わせようとした話だった。しかし、巫女姉《ムーダンオンニ》さんは実に興味深い話を聞いたかのように、少しも笑わずに目を輝かせた。それから私をじろっとみると車の内部をあちこち探って、じっくりと考えに浸った。不安に襲われた。まさか、違うよね、まさか。あえて気づかないふりをしようとした瞬間、巫女姉《ムーダンオンニ》さんが口を開いた。

「作ろう、たこ焼き」

「はい？」

「たこ焼きに護符を入れて売るの。そうすればヤン・ミングの部署の人たちも買って食べるだろうし、悪霊が憑いていれば出てくるだろうからそのとき捕まえればいいし」

「悪霊がたこ焼きを嫌いだったらどうするんですか？　食べなかったら？」

「悪霊たちは食欲がすごいから食べるよ。勘でわかる」

勘？　たかが勘のせいで、そんなたいへんな仕事を始めようという思考が理解できなかった。いや、何よりもそのたこ焼きはたぶん。

「私が……作るんですよね？」

「うん」

私が作る羽目になるのは、わかりきっていた。

「別の場所ならともかく、私が辞めた会社の近所なんですってば。会社の人に会ったらどうするんですか？」

「うまいこと顔を隠せばわからないよ。人間は互いに関心なんてないんだから。誰が誰だか気にしてないわ」

あくまで断ろうとしたが、巫女姉《ムーダンオンニ》さんは私を必死に懐柔した。たこ焼きの利益は全額、それに悪霊を捕まえたらボーナスまで払うと約束しながら。嫌だったがどうしようもない。買い換えたスマホのローンの残額がちらりと頭をかすめてしまった。

「私、情報通信部の人ともう一つ約束があるから、カフェに行ってくるね。じゃあ、あとはよろしく。ファイティン！」

商売を始めることにした日の朝、巫女姉《ムーダンオンニ》さんはこう言い残して行ってしまった。私は車の店舗部分の戸を大きく開いて客を迎える準備をした。もしかしたら誰かに気づかれるかもしれないので、タオルを被りマスクも装着して。

幸い、客一人なしに午前中が過ぎていった。会社員たちは突然登場したたこ焼きカーに大した関心を見せなかった。一度こちらを見て、忙しそうに予定どおりに進んで行くだけだった。そりゃそうだ、自営業はたやすい仕事ではない。このまま客の一人も対応することなく一日を終えて、たこ焼き商売など意味のない行動だったと確信させてくれるだろう。

しかし、ランチタイムになって、私の固い決意は粉々に砕けてしまった。客が押し寄せてきたのだ。食事をしなかったのか、それとも昼ごはんを食べてさらにたこ焼きでもつまもうというのか、近所の会社員たちで行列が途切れなかった。注文を一つ処理すると次の人が、処理しなくても次の人が、終わりなく注文を入れてきた。

「十個お願いします」

「チーズ味とハーフ＆ハーフで三十個ください」

「こっちは八十個だけ包んでください」

　四方から飛んでくる注文を受けていると、以前同僚のチェ主任と交わした会話を思い出した。この近所には食堂は多いけど、間食を売るところがないから商売をしたら当たるだろう、という話だった。仕事が辛いときは「会社を辞めてワッフル屋をやらなくちゃ」、「鯛焼きを売るのはどうか」などと冗談を交わしたものだ。

　今、できることならば主任に会いに行って叫びたい。本当によく売れますよ！　と。私はあの笑い話が事実だと証明したわけだ。もちろん、決して話せないけど。

　忙しく、一日、二日、三日が流れていった。たこ焼きが恐ろしいほど売れていった反面、悪霊に取り憑かれたと思しき人は一人も発見できなかった。巫女姉《ムーダンオンニ》さんに言ってみたが、まだもう少し時間が必要だと返されただけだった。

　いつまでこの仕事を続けなくちゃいけないのかと考えると、もどかしい思いがした。マスクを取って大きく深呼吸をしてみた。午後の暇な時間帯、しばし息抜きをするチャンスだった。体中がこわばっていたので、ストレッチを始めた。指を組んだ手を後頭部に当てて首をのばしているところに、ひょっこり客がやってきた。

「こんにち、ワ？」

「注文はこちらで、エ？」

振り返ると、一番会いたくなかった顔が目の前にあった。

「キム・ハヨン主任？」

ハン係長だった。私が会社をクビになった主な要因、私の元上司、ハン係長。

「いや、なんでここに？」

「……ご注文ですか？」

「……たこ焼き十個下さい。チーズ味で」

込み上げた羞恥心が口を勝手に動かして、注文を受けていた。後悔したがどうしようもなかった。素早く作ってハン係長に帰ってもらうほうが、かえってマシだ。あわてて作りはじめた。熱した鉄板に生地を注ぎ、カットされたタコを落としていく。間もなくジュージューと音を立てて生地に火が入っていくと、一粒ずつピックでひっくり返しながら形を整える。ハン係長は一生懸命にたこ焼きをひっくり返す私を、そしてたこ焼きワゴンを交互に見てはうなずいていた。

私が心底嫌っていた表情の一つだ。何も知らないくせに「全部わかっているよ」とばかりのあの表情。しばらくの間忘れていたあの表情をまた目にすると、前とは比べ物にならないくらいに胃がよじれる思いがした。早く目の前から片づけたくて、生焼けのたこ焼きを箱にいれるとあわててチーズパウダーと鰹節をかけて渡した。

「五千ウォンです[*7]」

ハン係長は財布から一万ウォンを出した。小銭が必要でキャッシュケースの中を探したが千ウォン紙幣が四枚しか見つからなかった。焦ってしゃがみこんで探していると、ハン係長がキャッシュケースの横に一万ウォン紙幣をすっと差し出して

「お釣はいいよ、残りはチップで」

と言い残すと行ってしまった。片手を振りながら悠々と遠ざかる後ろ姿を見ていると、目の前がかすんできて息が荒くなった。平静を取り戻そうと深呼吸をしていると、少ししてスマホにメッセージ到着の通知が浮かんだ。

ハヨン主任。

*7　日本円で約五百円。

僕たちはよくない結末で別れてしまったけど
最近の若者らしくない君の姿に感動した。
これからもどうか仕事をえり好みしないで情熱的に生きていってくれ！
この時代を先に生きた大人として応援しているよ。
走れ、青春よ！

私は耐えられなくなって奇声を上げた。

＊＊＊

ハン係長と遭遇してから、心の片隅に恨みの感情が広がった。商売なんてしたくないと言ったのに私を言いくるめた巫女姉さん《ムーダンオンニ》に向かう恨みだ。ひとしきり心の中で罵声を浴びせ、最後にはやけくそになった。マスクを外した自分が悪い。そう考えたほうが気楽だった。

ぐちゃぐちゃになった気持ちを落ち着かせて、たこ焼きの鉄板を磨くことに没頭した。きれいに磨き上げてみると、少し怒りが静まったみたいだ。ようやく気持ちが落ち着いたのに、鉄板の上に影がかかった。客が来たみたいだ。

顔を上げて見えた二人の客は警察の制服を着た……警察官だった。

「こんにちは。通報があったので来ました」

「通報」という言葉に、いくつかの可能性が思い浮かんだ。近くで事件でも発生したのだろうか？　悪霊がすでに出てきちゃったのかもしれない。巫女姉《ムーダンオンニ》さんからはどうして連絡がないんだろ？　しかし、私の予想とは違って、彼らの視線は私を見つめていた。何かおかしい。

「ここで商売したらいけないって、ご存じでしょう？　身分証を見せてくださいね」

稲妻のように瞬時に現実を認識した。警官たちの目的は私だ。私が通報されたのだ。こんな経験は初めてだった。サーッと顔から血の気が失せるのを感じて、体が固まった。混乱したが、まず身分証を見せなければならないと思って財布を探した。しかし、見つけられない。車の中をどれだけ探しても財布がない。焦りはじめた。そのとき、ギアの隣においてある赤い財布が目に入った。巫女姉《ムーダンオンニ》さんのものだった。私は何かに取り憑かれたみたいにその財布の中の身分証を出して、差し出した。

「マスク、下ろしてみて」

警官は身分証と私の顔を交替で見た。私は巫女姉《ムーダンオンニ》さんの真似をしてできるだけ目じりを吊り上げてみたけど、警官の顔はゆがむばかりだ。

「本人ですか？　別人みたいだけど？」

「実は、うちの社長の身分証なんです。その人に売れって言われたんです」

「こいつはまったく。本人の身分証を出さないと……」

結局、座席の下のカバンから財布を見つけて、身分証を差し出した。警官たちは私の身分証を見ながら手帳に何か書きつけて、二言三言注意すると帰って行った。彼らがいなくなると残された場所には冷たい空気だけが残った。身をえぐるような風に吹かれながら考えた。これで私は犯罪者になるんだろうか？

一度も法規を犯したことがないといえば嘘になるだろうけど、できるだけ問題なく生きるために努力をしてきた。少なくとも警察に個人情報を渡すほどのことはやらかしたことがないと自負している。それなのに、私がどうしてこんなことになってるの？

虚しい気持ちで身分証を財布に戻した。座席に置きっぱなしだった巫女姉《ムーダンオンニ》さんの身分証も回収して財布に戻そうとした。特に考えずにカードを見たその瞬間。

名前、ク・ミョンイル。そして住民番号9××××××－×××××××。えっ？

生年を表す住民番号の最初の二けたが私とまったく同じだった。それはつまり、巫女姉《ムーダンオンニ》さんと私は同じ年だという意味だった。同じ年？　巫女姉《ムーダンオンニ》さんが、私と同じ年？

巫女姉《ムーダンオンニ》さんの年を聞いたことはなかった。インターネット上ではもちろん、私にも公開していなかったので。だけど最初から「ですます」もなしに話してきたし、なにしろ人生の達人のように見えたので四、五歳は年上だろうと想像していた。それなのに同じ年！

これまでの巫女姉《ムーダンオンニ》さんとの多くの出来事が走馬灯のように通り過ぎていった。本人がことを大きくしておいて、面倒な仕事はすべて私に押しつけてきたこと、コーヒーマシンのカプセルは死んでも片づけなかったこと、トイレットペーパーを使い切っても補充しないこと、何よりもぞんざいな言葉遣いで私に目下の人間のように対応してきたこと。契約書を書いたときに私の年を見ているくせに、しかも誕生日は私よりも遅いくせに！

ワゴンを置いて巫女姉《ムーダンオンニ》さんがいるはずのカフェに行った。大きなガラス窓越しに巫女姉《ムーダンオンニ》さんの姿が目についた。相談をするという言葉とは違って、一人で座ってスマホを見ていた。それだけではない、テーブルにはデザートまであった。いちごケーキとホイップクリームの乗ったチョコフラペチーノだ。私はカフェのドアを押して入ると、巫女姉《ムーダンオンニ》さんがいるところまでカツカツと歩いて行った。

「どうしたの？　何か問題起きた？」

私を見た巫女姉《ムーダンオンニ》さんは平然と聞いた。

「……おいしそうですね？」

「これ？　糖分が足りなくて。相談しているとすぐに疲れちゃうんだよ」

そうですか、お疲れでしょうね。私が前の会社の上司に会って生涯忘れられない恥ずかしい思いをして、警察に個人情報まで差し出した間、カフェで座ってケーキを食べていても疲れることはあるでしょう。

ところで、少なくとも言い出したが熱心にやるべきじゃないの？　私が誰のためにこんなことしているのか、私にやらせた以上に熱心な姿を見せてくれるべきじゃないの？

「もう四日も過ぎているのに、何かわかったことはないんですか？　調べは進んでるんですよね」

「当然やっているよ。急に、なんでそんなことを？」

その会話中にふてぶてしくフラペチーノを一口飲む巫女野郎《ムーダン》……いや、巫女姉《ムーダンオンニ》さんの顔を見ていると、理性を抑えている紐が一本プツンと切れるのを感じた。腰をかがめて巫女姉《ムーダンオンニ》さんに顔を近づけた。

「この寒い中、人を屋外で働かせておいて、ご本人はなんだかえらく余裕ですねえ。何でもいいからやってみようとは思わないんですか？」

いつもと違う私の気迫に、巫女姉《ムーダンオンニ》さんは戸惑っているようだ。巫女姉《ムーダンオンニ》さんが何か言葉を引っ張り出そうとしたが、私がさえぎった。

「こうやって座っていて何になるんですか？　ねえ？　事件が自動的に解決するんですかねえ？」

知らぬ間に感情が自分でコントロールできる範囲を越えていた。小さな火種に過ぎなかった怒りが、すでに乾いた薪をひと抱え飲み込んで勢いよく燃え上がった。

「誰かがむだな苦労をしているんですけどねえ、どうしておたくは何にもしないの！」

「わかったから……」

「会社に行ってたこ焼きを直接口に突っ込むなりしたら！　なんでもしてみなよ、なんでもいいからちょっと！」

「わかった、落ち着いて。少し落ち着いて！」

われに返ってみると私は巫女姉《ムーダンオンニ》さんの肩をつかんで容赦なく揺さぶっていた。いつも偉そうな態度を維持していた巫女姉《ムーダンオンニ》さんも、今日だけは私を止められず力なく揺さぶられているだけだった。

＊＊＊

巫女姉《ムーダンオンニ》さんことミョンイルは、すぐに行動すると約束してようやくハヨンを送りだし、現状を整理してみた。四柱推命占いにかこつけて、二十人を超える職員たちに取材した結果、容疑者候補は三人に絞られた。情報通信部の係長二人と、責任者一人。みなヤン・ミングとひどく仲が悪く恨みを持っているであろう人物だ。

しかし、不思議なことに、三人の中の誰も悪霊に取り憑かれた気配はない。憑依されている人なら、行動や言葉遣い、食べ物の好みまですっかり別人に見えるものだ。しかし、面談に参加した職員の誰も、彼らの変化を感じていなかった。

三人以外にも別の人がいるのだろうか？　それとも面談できなかったほかの部署の人？　それとも普通の悪霊とは異なり、徹頭徹尾本人に偽装しているのだろうか？　何であれ可能性が多すぎる。ともすればハヨンの言う通り、一人残さず護符を口に突っ込んで事実を確認してみるのも手なのかもしれない。当たって砕けろだ。

「すいません」

「はい？」

「これ、一日だけちょっと借りますね」

ミョンイルは近所の建物から出てきた人を捕まえた。ミント色のハーフヘルメットにデリバリーのブランド名が書かれたチョッキを着て、フードを入れるバックパックを背負った若い男性。ぼんやりとした印象の配達員は腕をつかまれると目に見えて警戒した。

「ヘルメットと、今身に着けているもの全部借ります。今夜にはお返ししますから」

「困ります、まだ仕事が残っているのに」

配達員は不快そうにその場を離れようとして、電動キックボードに足を乗せた。ミョンイルはあわててキックボードのハンドルをつかんで、逃げられないようにした。

「一日いくら稼ぐんですか?」

「なんでそんなことを?」

「今すぐ送金します。日当分を」

配達員は目玉をキョロキョロさせてから、金額を言った。ミョンイルはスマホをいじって口座番号を尋ねた。すぐに配達員のスマホから通知音が鳴って、彼は画面を確認すると迅速にヘルメットを脱いだ。

＊＊＊

ミョンイルは片手にたこ焼きがぎっしり詰まったカバンを、もう片手には燃やした護符を入れたアメリカーノを入れた袋を持って、イソクネットワークスの正門に向かった。警備員は何も疑わずに出入りのゲートを開けてくれた。自然にエレベーターに乗って、情報通信部のある四階に到着した。

「デリバリーです」

「デリバリー？」

「ヤン・ミングさんのご注文です」

ヤン・ミングはそのとき外回り中で席を離れていた。職員たちは予告なしのデリバリーに驚いた様子ながらも、よく知っている名前を出すと不思議がることもなかった。

「そこに置いてください。こちらで運びますから」

「私どものサービスです」

職員が止めたが、ミョンイルは各席にたこ焼きが入った紙カップとアメリカーノをそれぞれ置いていった。一人ずつ口に入れる姿を目で見て確認しなくてはいけないからだ。ほとんどの職員が意識しないでたこ焼きを口に運ぶか、コーヒーを一口すすっている。問題はない、ここまでは。

すぐに疑惑の候補だった三番目の係長の順番が近づいた。デスクに食べ物を置いてちらりと見てみた。係長はアイスコーヒーをごくごくと飲むと氷までかじって飲み込んだ。違う。ミョンイルは次の席へ移動した。

次の候補だった責任者を通りすぎて、最後の列が近づくとミョンイルの心の片隅に不安が芽生えた。このまま、誰にも反応がなかったら？

「何事なんだ？」

「昨日の騒ぎを謝りたいんでしょ？」

雰囲気がやわらいだのか、所どころで雑談する声が聞こえてきた。向かいにいる職員たちは声を潜めてヤン・ミングの話をしはじめた。ミョンイルは動くスピードを抑えて、会話に耳をそばだてた。

「ううん、私が見たところあれだよ。メディアホームで誰か殺害されたの、知っているでしょ？」

「職場内いじめ？」

「あれで死んだ人が部長の友達だったたって。本人だって怖くなったんじゃない？ 同じ目にあうんじゃないかって」

「あれって臓器密売事件じゃないのか？ 心臓が消えていたって」

「ほかの事件はそうだけど、メディアホームは違うよ。果物ナイフで刺されたんだけど、記事が間違っていたって。知り合いがメディアホームに勤めてるの」

頭の中のパズルが組み立てなおされる音がミョンイルに聞こえた。仮定から間違っていたのだ。悪霊に殺されたのは三人ではなくて二人だった。

ミョンイルはドアを開いて飛び出すと、あらためてスマホで関係図を開いてみた。ＡＢ生命のチョ・ヒョンソンとハローツアーのキム・ジュファンが属していて、殺人を実行に移すほど誰かにとっては脅威になる利益集団。二人がずっと続けてきた投資サークル。そして、そこから新たにつながる人物がいた。ハンミョン証券のイム・ヨンス。

ハンミョン証券はどこにあったっけ？　地図アプリに入力してみる。現在地から遠くないところ、道路の向かい側の小道に青い矢印が点滅していた。

＊＊＊

道路の向かいに駐車した車をもう一度動かさなくてはいけなかった。何かをするのだと言って、どこで手に入れたかもわからないデリバリー配達員姿でたこ焼きをなんと百個も買って行った巫女姉《ムーダンオンニ》さんからは、いつ悪霊が飛び出すかわからないからイソクネットワークスの前で待機するように言われたからだ。百個分の料金を絶対に払わせてやると決心しながら車に乗り込もうとしたとき、私を呼ぶ声が聞こえた。

「すみません、たこ焼き売ってないんですか？」

振り返ると四十代前半と思しき男性がいた。その後ろにはひときわ貫禄のある男がちょっと離れて立っていて、おそらく上司のようだ。年が上に見えるその男は腕組みをしながらきょとんとしてこちらを見守っていた。

「今日は営業終了です」

「少しだけ作ってもらえませんか?」

「もう出ないといけないので」

その言葉を聞くと部下と思しき男性は上司の元にササッとかけていき、何やら話している。上司はすぐに納得いっていない表情で男性を叱りつけた。距離があるので何を言っているか聞こえなかったが、内容は見当がついた。

「本当に、少しだけでも作ってもらえませんか? その分多く支払いますので……」

ふたたび私の前に来た男性が繰り返し頼んできた。困った状況だ。男性の表情はかなり深刻そうで同情心を呼び起こされはしたが、巫女姉《ムーダンオンニ》さんの指示が優先だった。少し悩んで決心した。

「今回だけですよ」

販売車の後部に乗り込んでガスに火をつける。今や調理の腕前が上がったので、少しくらいなら素早く作れるだろうという自信があった。また、同時にいい気になってもいたのだ。会社役員に見える人が、私のたこ焼きに惚れこんで道端で待っているなんて。私も一度味見をしなくちゃ。

「それとは別に四個だけ作っていただけますか？」

「もちろんです」

部下の男性がうれしそうな表情をした。本人も食べて見たかったみたいだ。私は内心得意になってたこ焼き十二個をすぐに作った。それぞれ別のパックに分けて入れて、男性に渡すと、彼はすぐに一つを後ろにいる上司にもっていった。私は役目を終えたので、もう行かなくてはいけなかった。片づけのためにトランクを閉めた。

そのときだった。後ろから、グェッグェッと喉が詰まったみたいな声が聞こえてきた。振り返ると部下の男が、息がまともにできずに苦しんでいた。

「キム課長、大丈夫か？　キム課長！」

食べ物が喉に詰まったようだ。私のたこ焼きのせいで人を死の危険にさらすなんて。私はあわててかけつけて男性の背中を叩いてみた。しかし、彼はよくなるどころかさらに苦しがるばかり。こんなときはどうするんだっけ？　気道に食べ物が詰まったときは……。

高校時代、応急処置教育の時間があった。心肺蘇生術やＡＥＤの使い方などを教えてくれる授業だった。あのときは別のことをしているのを先生に見つかって、前に呼び出された記憶がある。似たような理由で呼び出された友人を患者に見立てて、友人を後ろから抱えて見よう見まねで気道が閉鎖されたときの応急処置をする羽目になった。

「何て言ってた？　拳をお腹に当てて、もう一方の手で包むように握って、それから拳を引き上げる！」

へっぴり腰の私を見て友人たちはケラケラ笑った。保健の先生は気にかけずに、姿勢を直してくれた。

「さあ、真似してやってみて。ハイムリッヒ法です！」

当時の記憶を引っ張り出した。

「ハイムリッヒ！　ハイムリッヒ！」

背後から男性の腹部を抱きかかえ、号令を叫びながら強く腕を締め上げる。繰り返すこと数回、男性は暴れるのをやめた。よし、やっぱり応急処置を習っておいてよかった。安堵して息を整えていたが、どこかおかしい。男性は異物を吐き出すことも咳をすることもなく、立ち尽くしているだけだ。

奇妙なことが起きた。男の首が下の方から赤紫色に染まってきたかと思うと、すぐに顔全体が黒っぽく変色したではないか。そして、顔には瘤がボコボコと沸いていてはちきれそうだ。

それと同時に男性は奇声を発して駆け出した。

私はぼんやりとその後ろ姿を眺めた。応急処置を手伝うどころか、何もしないで状況を見ていた上司もまた、同じだった。ちょうど、スマホのベルが鳴った。出てみると巫女姉《ムーダンオンニ》さんだった。

「社長、悪霊を見つけちゃったみたいです」

すると電話の向こうから巫女姉《ムーダンオンニ》さんのあわてた声が聞こえた。

＊＊＊

私は急いでたこ焼きワゴンのエンジンをかけると悪霊を追いかけた。

「追いかけながら引き続き位置を教えて。私もすぐに向かうから」

巫女姉《ムーダンオンニ》さんは電話を切らずに、繰り返し場所を確認した。悪霊は動きが速すぎるうえに野生動物のように方向をあちこちに変えるので、車で追いかけるのは簡単ではなかった。

「広場、光化門広場のほうに向かっています！」

悪霊は方向を変えて光化門広場に走っていく。あの芝生に入ったら車で追いかけるのは不可能で、困ってしまう。心配した通り、悪霊は広場を横切っていく。仕方がない、車を横に停めて男をどうやって追いかけることができるか考えてみた。

そのときミント色のヘルメットをかぶって黒いチョッキを着た配達員が、キックボードに乗ってとんでもないスピードで私の前を過ぎていった。巫女姉《ムーダンオンニ》さんだ。巫女姉《ムーダンオンニ》さんはまっすぐに悪霊に向かって走っていくと、のしかかるように彼にぶつかった。悪霊は横に転がり、巫女姉《ムーダンオンニ》さんもまた衝撃に勝てずにキックボードから放り出されて近くにひっくり返った。

私はあわてて停車した車を降りると、事故現場に駆けつけた。まさか、死んだ？　震える気持ちで近づいて半分ずれて顔を覆っているヘルメットを持ち上げると、目をぱっちりと開けて見上げる巫女姉《ムーダンオンニ》さんと視線が合った。

「何やってんの、早く捕まえて！」

いきなり怒鳴られて、正気に戻った私はコートを脱いで悪霊の腕をぐるぐる巻きにした。巫女姉《ムーダンオンニ》さんはよろけながら、悪霊の腹に馬乗りになった。そして懐から護符を取り出すと悪霊の喉に突っ込んで口をふさいだ。相手は当然手足をバタバタさせて暴れたが、巫女姉《ムーダンオンニ》さんは揺らがなかった。悪霊の顔ははちきれそうに膨らんだ。巫女姉《ムーダンオンニ》さんは暴れる悪霊に負けまいと腹を殴りつけた。一発、二発、三発……すぐに悪霊は息が荒くなって咳きこみだした。肺が裂けそうなひどい咳を続けていると、その口からポンと宝玉が飛び出した。

地面に落ちてコロコロと転がった宝玉は、私の足に抑えられてようやく止まった。私はそれを拾ってじろじろと見た。日の光を反射しながら玲瓏《れいろう》と輝いている。

「ウウ……」

悪霊に取り憑かれていた男性は正気に戻ったのか、うめき声をあげた。顔は元の色形に戻っていた。まだふらつきながらも男性の体から立ち上がった巫女姉《ムーダンオンニ》さんは近くに倒れていたキックボードを拾い上げた。周りを見回すと、何人かが私たちを取り囲んでいた。同時にパチパチパチパチという拍手の音が広がっていった。

＊＊＊

「A社の職員の命を救ったたこ焼き販売者と配達員が話題です。この人たちは気道に食べ物を詰まらせたA氏を救って、姿を消したものと見られていて……」

穏やかな午後、占いの館。流れてくるニュースの内容はなんだか聞いたことのある内容で、振り返らずにいられなかった。巫女姉《ムーダンオンニ》さんはすでにずっと前からテレビの前のソファに座っていた。私もその隣に座った。

「たこ焼きを売る若者がうちの職員を救ってくれました。たしか、ハイムリッヒ法だとか」

インタビューに答えているのは、悪霊に取り憑かれた男性の上司だった。彼は宙を見ながら、相変わらず信じられない物を見たかのように面食らった表情だった。

「A氏の上司であるB氏の証言です。また、光化門広場でA氏の腹部を圧迫して異物を吐き出させた配達員の映像が撮影されています。A氏はこの二人を探して謝礼をしたい旨を明らかにしています」

画面に再生されている映像には悪霊が取りついた男性の腹を殴りつける巫女姉《ムーダンオンニ》さんの姿が映っていた。

「あれが、異物を吐き出させようって姿に見える？　どう見てもぶん殴っているんじゃないですか？」

「悪霊を追い出したんだから、結果的にあってるんじゃない？」

私の言葉に、巫女姉《ムーダンオンニ》さんは言葉遊びのような返事を返した。まあ、目的がどうであろうと、いい話としてニュースに出られて私も悪くない気分だ。

「ところで亡くなった人のうちの一人は本当に殺害されたんですね？」

事件が終わってから巫女姉《ムーダンオンニ》さんに聞いたことをふいに思い出した。死亡した三人のうち一人は悪霊によるものではなく、実際に部下によって殺害されたのだという事実を。ニュースで報道された通り、本当に職場内いじめに対する報復だった。

「そのせいで時間をむだにしたよ。本当にナイフで切りつけたなんて誰にわかるの？」

「半端ではないいじめにあっていたみたいですね、その人も。上司を殺すなんてどれだけいじめられたんでしょうね。どんなに腹が立ったら、ナイフで人を……」

私はすっと横目で巫女姉《ムーダンオンニ》さんを見つめた。巫女姉《ムーダンオンニ》さんは視線を避けると、お腹が空いたと言って部屋を出ていってしまった。「あなたも気をつけて」と言っている私の視線が伝わっただろうか。私は小さな勝利を感じながら静かに笑った。

＊＊＊

数日後、私は作業室のソファに座っている巫女姉《ムーダンオンニ》さんをちらりと盗み見て、口をパクパクさせていた。問い詰めたかった、私たちが実は同じ年ではないのかと、姉《オンニ》さんと呼ぶのが正しいのかちょっときちんとしたほうがいいんじゃないかと。しかし、居心地の悪い話でもあるのでその分、すっと口にできなかった。しばらくの間ウンウン唸りながら穴が開くほど横顔を見つめているとき、こちらを振り返った巫女姉《ムーダンオンニ》さんと目が合った。

「どうしたの？」

私が話を切り出せずにもじもじしていると巫女姉《ムーダンオンニ》さんが立ち上がってすたすたと歩いて

きて、私の机に手をついて上体をそっとかがめてきた。

「何か言いたいことがあるの？」

近くにくると巫女姉《ムーダンオンニ》さんの鋭い視線が、ひときわ重かった。私は視線を避けたまま、心の中で繰り返した。話すんだ、叫ぶんだ！　年下相手みたいな口をきくなって！　今にも飛び出しそうに喉に引っかかっているその言葉を。

「……服、すごくよく似合っていますね」

いざ飛び出した言葉は心の中とは全く違っていた。

あっけにとられた表情をすると、すぐに背中を見せて出ていく巫女姉《ムーダンオンニ》さん。彼女が着ていたのはありふれた白いシャツだった。

「これ？　ありがと」

張りつめていた気が抜けて、ペタンと机の上に突っ伏してしまった。結局言えなかった。今日失敗したら、きっと明日も、その次の日もダメなんだろうな。自分の性格はよくわかってる。

でもいつかは、チャンスが来るだろう。ため込んだ巫女姉《ムーダンオンニ》さんにへの不満をぶちまける瞬間が。いつやってくるかわからないその日をにらみながら、今日はとりあえずため息とともに断念した。

キム主任の青春時代

digression 1

　俺は、とあるIT企業の係長だ。会社は大きくはないが強くて堅実、若いときから数々の企業ブランドのデザインをしてきて、そのキャリアと能力から現在はデザインチームの係長をしている。

　任されている仕事は数えきれないが、その中で最も重要な仕事といえば、リーダーとしてチームのメンバーを管理することだろう。まだ産毛がポワポワしているひな鳥たちを立派な社会の一員に育て上げることに、俺は大きな責任とやりがいを持っている。

　しかし、時が経つのは早いもので、今どきの若い者を相手にするのはまったく骨が折れる。十年前のように目をキラキラさせて俺の言葉に耳を傾けるとか、きびきびと働こうとする若手はもういない。数か月前に採用したチームの新人男性社員もそうだった。久しぶりの新入りで、いい大学を出ているから期待も大きかったが、いざチームに連れてきてみると何を言っても死んだ魚のような目をしていて、何か質問をしてみても二回に一回返事が返ってくるか来ないか。仕事もまともにしないで毎日休憩室で過ごしている始末だ。そればかりでなく動きがちんたらしていて、コピーをさせてもいつになったら終わるのかと人をやきもきさせる。

　そのたびに会社を辞めてしまったキム主任を思い出す。こちらの言いたいことをくみ取って仕事もきちんとこなしていたという。俺に対して何かひどいことをやらかして会社を辞めることになったというが、実は当時のことはあまり覚えていない。社員たちも空気を読んで何があったのかちゃんと話してくれないので、こちらも変に思われるのではないかと思ってどうしても質問できない。そのときのことは霧に包まれたように白々と浮かぶだけ。だからキム主任がいなくなったのがことさら惜しく感じてしまう。

実のところ、会社にいるときはキム主任のことをただ平凡な部下だと思っていた。抜きんでたところもないが角が立つところもない無難な部下の一人。しかし、最近になってその評価が変わるある出来事があった。数日前、目撃してしまったのだ。会社の前でたこ焼きを焼いているキム主任の姿を。

今どきの若者は辛い仕事から逃げて楽な仕事ばかり選ぼうとするともいわれるが、会社をクビになってからも挫折しないで新たな道を切り開いていく姿だった。そんなキム主任を見ていたらたこ焼きを買ってやらずにはいられなかった。俺を見たキム主任は一見驚いたようだったが、その一方で視線には隠しきれないなつかしさが見えた。そういうものだ。うちに入社したときから数年間をともにしてきた俺は、キム主任にとって社会の師匠も同様なのだから。

翼を広げて飛び立つひな鳥を応援する気持ちでチップを残して事務室に戻り、キム主任のたこ焼きを一つつまんでみる。口に入れたとたんとろりとひろがる生地の食感。若いころ日本出張のときに大阪で食べたまさにあの味ではないか。

キム主任の実力とド根性に感動が押し寄せて、メッセージを送ろうとスマホを手にした。見違えたと、今すぐポストを作ってやるから会社に戻ってこいと伝えるために。

しかし、メッセージを送ろうとした瞬間、躊躇してしまった。今のように新しい挑戦をしながら険しい世の中を切り抜けていくのもキム主任の意思じゃないかと思って。こうやって迷う姿を黙って見守るのが立派な大人の姿だろう。結局、書きかけていた内容を消して代わりに応援しているとだけメッセージを送った。残念な気持ちもするが、いつかまた会える日が来るだろう。そのときまで大変なことも、涙を流す日もあるだろう。だが心ゆくまで満喫してくれたまえ、君の青春時代を！

episode 4

巫女《ムーダン》うさぎ商売繁盛の護符

事件の始まりは本当にちっぽけなことだった。いつものようにベッドに寝ころんでSNSをスクロールしていた。その日に限ってタイムラインに思いがけないニュースが流れてきた。

大学で同じ学科だった同期が書いたポスト。当時も親しくなかったし、今もお互いに連絡することはないけれど、SNS上の友人としてはつながっていて、いつだって互いの近況がわかるっていうちょっとおかしな、でもありふれた関係。だけど、ポストの内容はありふれたものじゃなかった。その同期が趣味で作ったキャラクターが、大企業とコラボレーションするという大ニュース。

コメント欄を開いてみた。知り合いやファンからのお祝いメッセージが延々と続いていた。私は夢中になってコメントを一行ずつスクロールしながら読んでいった。そして考えた。

同じ大学を卒業して同じような会社に勤めていたのに、どうしてあの子は大企業とコラボして、私は自慢できるもの一つないような人生なんだろう？　大学時代はイラストもデザインも私が上だった記憶があるけど。そう考えると、寝転んでいる自分自身は限りなく小さくなり、彼女が作ったうさぎのキャラクターのピクセル一つよりも小さな存在になってしまった。そのポストからやっとの思いで離れると、流行中のバラエティー番組の短い動画を見たけどクスリとも笑えなくて、昔の同期のおめでたいニュースを噛みしめていた。

＊＊＊

翌日、占いの館。巫女姉《ムーダンオンニ》さんは外回りに出ていて、私は残って仕事、といっても受注した護符を作るだけの簡単なお仕事だ。私は買ってきたタピオカミルクティーを一口ズズーッと吸い込んだ。

糖分とカフェインが全身に広がると、気分が高まってやる気が出てきた。同時にあることに気づいた。昨日はニュースがあまりにうらやましくて嫉妬しかなかったけど、できるんじゃないだろうか、もしかしたら、私にも。これまで仕事で忙しい忙しい、と言い訳ばかりしていたけど、同期の子だって会社に通いながら副業で一発当てたのだ。何より私の雇用主の巫女姉《ムーダンオンニ》さんを見てよ。本業の巫女《ムーダン》の仕事のほかに、ユーチューブとブログを越えて各種販売プラットフォームにまで手を伸ばしている。まさに掛け持ち商売人のお手本ではないか。見習わなくては。

だとしたら、一体何をやろう？　すぐに浮かんだアイデアは、同期のようにキャラクターを作ることだった。私も子供のころからキャラクター物が好きで、真似して描いたりしていた。真似して描くだけでなく、新しいキャラクターを作るのも好きだった。高校時代には担任にそっくりなキャラクターを爆誕させて友達を笑わせ、先生を不快にさせたこともある。そうだ、キャラクターを作ろう。

そうと決まればコンセプトを決めなくちゃ。今や一大キャラクター時代。あらゆるコンセプトのキャラクターが出そろっている。そんなニッチな市場をかき分けて、人々の注目を集めるテーマって、何があるだろうか。

しばらく紙にいろいろ描いてみたけどピンとくるものが思い浮かばなくて、椅子に体を預けてため息をついた。大学時代、ある教授の口癖が「卓越したアイデアは周辺にある」で、耳にたこができるほど聞かされた。だけど、当時の私はその言葉を聞くたびに、私の周辺には平凡なものしかないですけどねー、と心の中で言い返していた。周辺に卓越したものがあるのは、特別な人だけでしょ。私は今だって平凡な会社員にすぎないし。ん、あれ、平凡……か？　職場のデスクには書きかけの護符が広がっていて、振り向くとロッカーの取っ手には武服*8がかかっている。そのとき、神の啓示のように一つのアイデアがひらめいた。教授の口癖はやっぱり正しかった。卓越したコンセプトは私の目の前にあった。

退勤して家に着くとすぐに、私はデスクに向かってイラストを描いた。名前は「巫女《ムーダン》うさぎ」。私が好きなうさぎを童話風に描いてムーダンの三角帽子をかぶせ、武服を着せたキャラクターだ。数枚のイラストを完成させるとSNSにアップしてみた。数時間経つと、かわいいって言ってくれる友人たちのコメントがついて「いいね」の数が急激に増えた。ハッシュタグ経由で見つけてくれたのか、外国人の反応も多かった。いつもなら寝る時間を過ぎていたけど、私は夢中になって一秒ごとに変わっていく反応を見守った。長い間使っていなかった心の中の筋肉が一つピクピクする感じ。

それから一か月間、SNSのアカウントを新しく作って、毎日いろいろなイラストを掲載した。家に帰ると食事を適当に済ませ、イラストだけ描いていたから可能なことだった。昔の私だったら想像もできなかった。それまでは退勤後は紙切れのようにぐったりとしていたんだから。

だけど、今は違う。疲れ果てても心だけは爽快だ。何より楽しかった。この何年か、デザインの仕事だけを機械的にして忘れていたけど、私はこういうクリエイティブな仕事が好きだったんだ！　私が作り出した成果をみんなに見てもらって、喜んでもらうことが好きだったんだ！

＊8　巫女（ムーダン）がお祓いなどの儀式で着る昔の武士の服。

そんな中、あるフォロワーからメッセージをもらった。自分も一つ欲しいので、ぜひ巫《ムー》女《ダン》うさぎのキャラクターグッズを作ってほしい、って。新しい欲望がピクピクと動き出した。

＊＊＊

二千七百一万九千ウォン。*9 数字を目にしても信じられない。何度も何度も読んだ。二千七百一万九千ウォン、二千七百一万九千ウォン……。巫女《ムーダン》うさぎのキャラクターグッズを製作するクラウドファンディングプロジェクトに集まった支援総額だ。クラウドファンディングは、資金のない私なんかがグッズを製作する際に、前払いのようにそのグッズを買いたい人から支援金を出してもらうシステム。新生キャラクターの巫女《ムーダン》うさぎのグッズが、どれだけ売れるものか予想もつかなかったから、リスクが低いこの方法にした。たくさん売れなくてもグッズ製作はできるから、ある程度は自己満足できる選択だ。だけど、成果は思った以上で二千七百ウォンも集まった。支援者は千二十二人、達成率は九百パーセント、目標の九倍だ。「ヤバい」反応だった。

我慢していても自然とニマニマしてしまう。暇さえあればクラファンのホームページを開き、支援者がどれだけ増えたかを確認した。ここまでうまくいくなら今の仕事はやめて、巫女《ムーダン》うさぎ一本で生きていけるんじゃないかって、妄想したりして。

だけど、浮かれすぎていたのが問題だった。副業会社員なら、もっとも警戒すべき初歩的なミスを犯してしまった。

「ちょっとパソコン使わせて」

巫女姉《ムーダンオンニ》さんがすれ違いざまに言った言葉が脳ミソに届いたとき、私はトイレの便座に腰かけていた。あれ、さっきどの画面を見ていたっけ？　何度も何度も見てはニマニマしていた巫女《ムーダン》うさぎの商品ページだった。ダッシュで席に戻った。

「何、これ？」

予想通り、巫女姉《ムーダンオンニ》さんはそのページを見ていた。気づかずに自分の作業だけしてくれますように！　と祈っていたけど、「ムーダン」という単語がいっぱい書かれているページをスルーするはずがない。

「願いをかなえてくれる巫女《ムーダン》うさぎのキーホルダー？　「夜道に注意」巫女《ムーダン》うさぎの呪い

＊9　日本円で約二百七十万円。

の人形？」

「えっと、それは、市場調査です。最近、巫女《ムーダン》業界に何か新しい変化がないか見てみようと……」

「何なの、この名前？　巫女母《ムーダンオンマ》さん？」

私のニックネームだった。気持ち的に巫女《ムーダン》うさぎを産み出したという感覚だったが、命名の際、巫女姉《ムーダンオンニ》さんをまったく意識していなかったといえば嘘になる。

「やだ、パクられたんじゃないですか？　すぐ調べてみますね」

私はそう言って巫女姉《ムーダンオンニ》さんを席から押しのけた。納得いかない表情で立ち上がる巫女姉《ムーダンオンニ》さんの前で、取りあえずバレていないと安心していた。

＊＊＊

無事にグッズを製作して、配送まですませて半月。最近の日課はポータルサイトで「巫《ムー》女《ダン》うさぎ」を検索して、クラファン商品の口コミを読むことだ。その日も口コミを探していると、ある掲示板で注目を集めている書き込みを一つ発見した。

「ナントカうさぎっていう呪いの人形を使ったら、私が呪われました」

心臓がドクンと鳴った。震える手で文を確認してみると、こんな内容が書かれていた。

書いた人は学生で、嫌いなクラスメートのことを考えて呪いの人形を購入して使ったという。相手は陸上選手だったので、足でも怪我をするようにと祈りながら人形の右足に釘を打った。そして翌日の体育の時間、そのクラスメートはランニング中に右足首をくじいた。その人は驚いたが、一方で少しがっかりした。呪いの人形の効果はこんなもんか、って。

ところがその日の下校中に、その人は交通事故にあった。毎日通っている道で、突然車が飛び出してきて、自分が呪った通りに右足を骨折した。その人は一連の結果は呪いのせいだと確信していると言って、信じられない人のためにと、自分が購入した呪いの人形とギプスをした足の写真まで添付していた。

コメントを読んでみた。だいたいは「人を呪うなんて性格悪い」、「自業自得だろ、ざまあ」、という論調だったが、その中には「驚くべき効果!」だと、呪いの人形自体に注目する人もいた。

一部モザイクがかかっているけど、写真で添付された呪いの人形は巫女《ムーダン》うさぎの商品で間違いない。急に不安になった。本当に巫女《ムーダン》うさぎの人形のせいで事故が起きたんだろうか？　本当だったら、似たような事件が相次いで起きるかも。私の良心にとっても、巫女《ムーダン》うさぎのイメージにとっても、お先真っ暗な展開だ。

一日中やきもきしていたが、決心した。私の一番近くにいる民俗信仰の専門家、巫女姉《ムーダンオンニ》さんに聞いてみよう。まずはクラファンを始めたいきさつから打ち明けなくちゃいけないのが恥ずかしかったが、一人で苦しむよりはましだった。

「『巫女母《ムーダンオンマ》さん』って、なんかダサくない？」

「……それより私が話した問題を……」

「はいはい、あんたの人形のせいで怪我をしたって思ってるのね？」

「はい、人形に釘を打ったのと同じところを怪我したなんて気味が悪くて」

巫女姉《ムーダンオンニ》さんは、私が見せた文を繰り返し読んでから言った。

「呪いの人形って名前はついてるけど、工場で作った人形みたいね。あ、でも護符もついてるんだ」

「はい、早期購入者特典でプレゼントしました。何か問題でも？」

「護符の内容は？」

「健康祈願の護符ですよ。雰囲気だけでもと思って」

「だったら健康になるはずでしょうよ、呪いだなんて」

巫女姉《ムーダンオンニ》さんはそう一蹴して、特に問題はないと思うよと言って行ってしまった。ちょっとだけ安心したけど、不安な気持は消えない。もう事実なんかどうだっていい、この書き込みへの反応が過熱していることが問題なんだってば。これ以上ネット上に広がれば、巫《ムー》女《ダン》うさぎのブランド価値に傷がついてしまう。真実を見つけなくちゃ。手をこまねいて私の大切な巫女《ムーダン》うさぎを失うわけにはいかない。

尻尾をつかむのは意外と早かった。「巫女《ムーダン》うさぎ呪いの人形」の使用者口コミを片っ端からエゴサしていたら、別の書き込みに見覚えのある写真を発見した。あるオンライン掲示板に書き込まれた口コミで、その中にアップされた一枚の写真が「私が呪われました」の書き込みのものと完全に一致した。例の書き込みの人と同一人物かと思ったけど、こちらの文を書いたのは社会人で、言葉遣いもぜんぜん違う。

疑うまでもなく、写真の盗用だ。念のため、一緒にアップされていたギプスの写真を画像検索サイトにかけてみた。すると検索上位に別のＳＮＳの画像が現れた。同じギプスの写真の下には「サッカーで怪我をした」と書いてあった。例の書き込みは、何から何まで嘘だった！

私はネットで集めた内容をキャプチャーして、呪いのせいで交通事故に遭ったという書き込みのあった掲示板に反論を書き込んだ。すると、しばらくして問題の投稿は削除された。

私が書いた反論文には「そもそも信じていなかったけど」というコメントが続く一方、

「ホラー掲示板で有名な例のあの子ではないか」という反応があった。調べてみると、そちらのホラー掲示板には常習的に恐ろしい文を作りだす嘘つきがいるようだ。

真相がわかってみると虚しくなったし腹も立ったけど、問題を解決できたのですっかり安心した。私は巫女姉《ムーダンオンニ》さんに駆け寄って、事の顛末を伝えた。話を聞いた巫女姉《ムーダンオンニ》さんは、いつも通りの自信満々な表情をした。

「でしょ。あんな人形が効くはずないよ」

「問題なくてよかったです。仕事が水の泡になるんじゃないかって、もう心配で」

「よかったねえ。じゃ、今度は私とコラボしない？」

「はい？」

「あんたのキャラクターはユニークでよかったよ。私のチャンネルとコラボ商品を作ったらシナジー効果が出せると思って」

思いがけない言葉に目を丸くした。驚いたけど、決して悪くない申し出だった。クラファンで成功を収めたものの、巫女《ムーダン》うさぎのSNSフォロワーはまだ千人ちょっとで、マニアに支えられているってところだ。そこから抜け出して大衆的に名前が知られるにはまだまだだった。そんな弱小キャラクターが二十万人に迫るチャンネル登録者を抱えるユーチューバーとコラボできるなんて、どの方向から見てもよいことしかない。

「どう？」

「もちろん、喜んで」

「よし、じゃあ、製品開発は全面的にあなたに任せるね」

もともとの業務に新製品の企画や開発まで加わったが、ぜんぜん苦にならない。以前は巫女姉《ムーダンオンニ》さんのためだけに働いていたけど、今は自分のためでもある。うまくいけばその分、私のブランドの価値も一緒に上がるはずだった。社会人一年生に戻ったみたいにやる気が出てきた。新しいファイルを開いて、企画書を一文字ずつ書き込んでいった。新製品のコンセプトを確定して一か月。初のコラボ商品を発表した。外側にはかわいい巫女《ムーダン》うさぎのイラストと巫女姉《ムーダンオンニ》さんのチャンネルのロゴが、内側にはおどろおどろしい文字で護符が描かれた「裏の顔がある携帯ケース」だ。反応は熱烈だった。小ロット生産で物販を始めたところ注文が殺到して、すぐさま追加生産をするほどだった。

それにつられて巫女《ムーダン》うさぎの認知度も上がった。フォロワーはすでに二千人を超え、時には一日に百人単位で増えるほどの急成長だった。私の作ったキャラクターが商品になって、たくさんの人に使われ、愛されている。いいことだった。これ以上幸せなことはない。

それなのに、それなのにどうしてこんなにしんどいんだ？

はじめのうちは情熱があふれていた。一日中ユーチューブ作業と商品デザインをし、家に帰ってからも巫女《ムーダン》うさぎのイラストを描いたが、大変ではなかった。ようやく誰かのためじゃない「私の仕事」をしているという高揚感があって、徹夜でも耐えられた。だけど、時間が経つにつれて興奮も情熱も冷めていった。すると、その代わりに疲労と睡眠不足が押し寄せた。

品物の包装はやってもやってもきりがなかった。巫女姉《ムーダンオンニ》さんは新しいコラボ企画を出せとせっついてくるし、実際に準備していけば商品性が弱いと言われてボツにされた。発送用の箱だって数百個も組み立ててみれば、指紋がすり減りそうだ。巫女姉《ムーダンオンニ》さんは、最初こそ一緒に箱を組み立ててくれたけど、最近では外回りに行くとか言って逃げ続けている。そのくせ「予想通りの色じゃない」とか「護符の文字がにじんでいる」だとか、「なんとなく気に入らない」などとクレームを入れてくる顧客にも親切に対応してあげなくちゃいけなかった。

ちょっと待って、これって本当に私がしたかったこと？　キラキラしていたはずの私の夢は、いつの間にか雑務とストレスでベタベタに覆い隠され、見る影もなくなった。

それでも仕事はきちんとこなさないと。新しい企画を準備して、まもなく第二弾のコラボレーション案を発表した。商品名は「おまじないもセルフ、ＤＩＹお願いごと成就キット」だ。巫女《ムーダン》うさぎのイラストが描かれた小さなスチールボックスに護符の用紙、インク、ろうそくと「おまじないの方法」のガイド用紙というセット内容。それだけじゃなく、限定版で「暗黒バージョン」も製作して販売した。パッケージや内部のグッズも黒で統一して、ダークで高級な印象を与えて、巫女姉《ムーダンオンニ》さんが直接書いた(のがウリだけど、実は私が書いた)護符を一緒に封入したセットだった。特にこの限定版は、かなり高い価格設定にもかかわらず人気が高くて、販売初日にはホームページのサーバーがダウンした。

第二弾も成功だ、って喜んだのもつかの間。すぐまた休む暇もなくボックスにグッズを入れて包装する、あわただしい毎日が続いた。飛ぶように売れたキットが購入者の元に行ってから二週間ほど経ったころだっけ? 思い出したよ、そういえば、私の辞書に順調って言葉はないってことを。再び試練が訪れた。

「願いごと成就キットを使ってから頭痛がしました」

SNSに口コミが掲載された。作成者は、好きな相手が彼女と別れてくれることを祈りながら、毎日ろうそくをつけて護符を書いておまじないをしたという。ところが、その後から頭痛がして、最近は痛みがますますひどくなって、薬を飲んでも治らないというのだ。はじめは大したことではないだろうと思った。この人は、願いごと成就キットが原因で頭痛になったと言い張っている。でも、現代社会で頭痛を招く要因はほかにいくらでもあるでしょ。ストレス、睡眠不足、過労、カフェイン中毒、ストレートネック症候群、顎関節障害、脳出血など。そんな理由のどれか一つで頭痛が生じたとして、その期間がキットを購入した日付と偶然重なっているだけに違いない。それにもしかしたら、今回だって呪いの人形のクレームと同じで嘘かもしれない。前よりもいっそう世の中に嫌気がさしていた私は、口コミをスルーした。

ここで終わりならよかったのに。というのは、終わらなかったってわけ。悲劇的なことに、毎日似たような口コミが舞い込んだ。

―私もこれを使ってから頭痛がしました！

―私は咳が少しひどくなりました。嫌いな人が昇進できないように、って祈りましたが、まさか間違った願いごとをしたからでしょうか？

―それはアリかも。私も人には言えない願いごとをしていて……

副作用は色々あったけど口コミを書いた人だけでも、すでに十人。彼らに共通点があるとすれば、みんな暗黒バージョンを購入していて、願うというより呪うような内容だったこと。一人ひとりの呪いが集まって大きな塊になり、結局そのおまじないに悪い気運が入り込んでおまじないをした当事者に返ったんだろう、というストーリーが既定事実になった。

――巫女《ムーダン》うさぎって二十一世紀の黒魔術だったのか。

――これはマジです。私はうちの犬が健康でいられるように、おまじないをしましたが、副作用はまったくなかったです。

あっという間に私は一般人を黒魔術で操った大魔術師になっていた。このままではヤバい、なんとか解決しないと。

＊＊＊

「だーかーらー、なんでこんな文章を書いたの！」

私の話を聞いた巫女姉《ムーダンオンニ》さんから返ってきた言葉だ。結局、性懲りもなく同じ相談をした。

ここで「こんな」呼ばわりされているのは、お願いごと成就キットの案内文にある項目の一つ。

その五．悪い願いごとをすると恐ろしいことが起こるかも？


「この前みたいなクレームが来ないように、怖がらせようと思って」

「そういうとこだよ。言葉尻を捕えられるかもしれないでしょ。この業界は責任を問われる言葉なんて死んでも書かないの。問題が起きてもかかわりにならないように。絶対に書かない。死んでも書いちゃダメ」

そこから巫女姉《ムーダンオンニ》さんは、自分がグッズを売るとき、あるいは運勢を見るとき、責任回避できるようにどれだけ気を使って言葉を選んでいるのか、長々と説教を垂れた。本人はアドバイスのつもりなんだろうけどさ、そんなによくわかっているなら先にまともな研修でもしてくださいよ、ずっとほったらかしでワンオペ仕事をやらせておいて偉そうに。説教している巫女姉《ムーダンオンニ》さんの頭を引っ叩きたくなった、けどやめた、負けるだけだから。

「じゃあ、どうしろっていうんですか」

息継ぎもしないでしゃべっていた巫女姉《ムーダンオンニ》さんは、話を中断して息を整えた。それから紙とペンを持ってきて、何か書き始めた。

「さて、一度原因を考えてみよう」

一．詐欺

「前回みたいに、最初から嘘をついている詐欺のケース。一般人がおまじないをしたからって、呪いを受けるなんてありえると思う？」

その可能性は私も真っ先に考えた。ネットに「副作用があった」と書くくらいなら、猿にもできるから。でも、いくつか気になる点があった。

「今回は十人以上いるけど、この人たちがみんな嘘をついているんでしょうか」

「それでも少ないほうかもしれないよ。一人でいくつものアカウントを使ったり、それを真似る人が出たりするかもね」

なるほど、ありうる仮説だ。ネットの世界では、世論操作くらい朝飯前だしね。でも、それでもまだ何か引っかかる。

「この人は五千人のフォロワーがいて、ＳＮＳを始めてから五年以上もたっているのに、わざわざ嘘を書きますかね？」

頭痛を訴える人のうち、あるアカウントを巫女姉さん《ムーダンオンニ》に見せた。

「あなたが恨みを買ってるんじゃないの？　高校の同級生とか」

「調べてみたけど、この人、三十八歳で慶尚南道《キョンサンナムド》昌原《チャンウォン》市でカフェを経営していましたよ。当然会ったこともないし、何といっても本名でやっているアカウントです。嘘をつく理由がありません」

「そ？　じゃあ、次」

巫女姉《ムーダンオンニ》さんは少しだけ考えて、また何か書いた。

二．集団ヒステリー

「集団ヒステリー？」

「ポルトガルで十代の子どもたちの集団がみんなで似たような症状を訴えたことがある。めまい、呼吸困難や、皮膚の発疹。でもよく調べてみたら、これがテレビ番組に出ていた偽ウイルスの症状と同じだった。テレビを見ていると心配になるから本当に体調が悪くなるし、友人から体調が悪いって聞かされたら自分も体調が悪くなる。そうやって集団内で広がったんだよ」

「と、いうことは、この口コミも？」

「最初に書いた人は、たまたま頭痛がした。考えてみて。こんな怪しいキットに五万ウォン*10も出して、呪いみたいなおまじないをする人なら、神経性頭痛くらいもっていそうじゃない？　しかもあなたが書いた文句が頭をよぎれば、本人は呪いが返ってきたって思いこむ。それでSNSにアップした。口コミを見た人たちはその意見に影響されて、自分は大丈夫かな、なんて気にしているうちに本当に頭が痛くなる。結果的には集団的な現象になってしまう」

「咳がひどくなったという人もいたけど、そんな精神的な理由だけで咳までひどくなりますか？」

「そりゃひどくなるでしょ、咳ぐらい。ポルトガルの子たちは呼吸困難にまでなったんだってよ？」

説得力のある話だった。巫女《ムーダン》うさぎや巫女姉《ムーダンオンニ》さんのグッズが欲しいという目的ではなく、ムーダンの力を借りて願いを叶えるためにキットを購入した人の数も少なくないはずだ。その購買層の特徴は、何らかの要因によって今ストレスを受けていること、そして迷信を信じやすいこと。ストレスがあればいろんな症状が現れるし、迷信を信じやすければ今の現象は「巫女《ムーダン》うさぎの呪い」だという声に、同調する可能性は高い。

だけど。心の片隅ではまーだ何か引っかかってるんだよねぇ。口コミの主たちが実際に苦しんだと言っているのに、私がそれを精神的な問題だと考えてスルーしてしまっていい

*10 日本円で約五千円。

んだろうか。

それに、信じたくはなかったけど、私を苦しませる可能性が一つ残っていて、何度考えてもそこにたどりついてしまう。

「本当に呪いの確率はゼロですか？　今回も限定版は護符が入っていて……」

笑われるんじゃないかと心配しながら切り出してみたが、巫女姉《ムーダンオンニ》さんはこれといった反応なしにペンを動かした。

三.「リアル」巫女《ムーダン》うさぎの呪い

「キットを買った人たちが悪い願い、つまり呪いをこめてろうそくの灯りで護符を書いた。そしたら呪いが返ってきた。あなたの書いた護符は遠くにいる誰かを呪う力がある」

巫女姉《ムーダンオンニ》さんはしばらく眉間をひそめて考え、口を開いた。

「ってことはありえないか」

「ありえないですねー」

私は虚しくなって、腕を枕にして机につっぷした。もう考える気力がない。

「わからなくなってきました。何が本当で、何が嘘なのか」

「あんたのせいって決まったわけじゃないんだから、悩みすぎたらダメだよ。確実なことだけに集中して」

「確実なこと？」

「うん。あんたの仕事をしてよ。前回の動画は再生数が少なすぎ。もっとキャッチーなサムネイルを選んでくれる？」

巫女姉《ムーダンオンニ》さんは私の肩を叩いて席を立った。冷や水を浴びたみたいに、現実感が押し寄せた。巫女《ムーダン》うさぎのことで頭がいっぱいで、後回しにしている仕事が溜まっていた。モニターに電源を入れ直して、通常業務に戻る。でも考えちゃダメだと思えば思うほど、巫女《ムーダン》うさぎは私の脳裏から離れない。

＊＊＊

どれだけ考えても答えなんてない。それでも時間の経過によって「巫女《ムーダン》うさぎの呪い」という話題も消えていった。もう副作用の話をする人も出てこない。私はいつも通りの日課に戻った。願いごと成就キットの残りの発送まで終わって、護符の販売とユーチューブの管理をして、巫女姉《ムーダンオンニ》さんのプレッシャーから新たなコラボ商品を企画した。体が三つあっても足りない忙しさだ。

その日もいつもと同じだった。流しっぱなしのニュースを聞くともなしに聞きながら単純作業をしていた。あるニュースが耳に飛び込んできた。

「ある業者が輸入したろうそくを国内産として偽装販売した事実が発覚し、問題を呼んでいます。さらに、そのろうそくの材料には有害物質が含まれており、呼吸器に悪影響を及ぼす可能性があります。環境部によりますと……」

ろうそく。この言葉を耳にして今さらながらにハッとした。なんで思いつかなかったんだろう？　限定版の暗黒バージョンは護符が追加されるだけではなく、ろうそくも別の種類を同封していた。黒いろうそくがなくて焦っていたので、一般バージョンとは別の業者から仕入れた。

あわててネットを開いて、記事を探した。該当の業者が問題のろうそくを販売していた時期と、私が限定版に使ったろうそくを購入した時期が重なっている。仕入れ先の番号を探して電話をかけてみた。出なかった。十回かけ、二十回かけても、「ただいま電話に出られません」という音声が返ってくるだけだった。

翌日には、もう確認するまでもなかった。ママさん掲示板を中心に、会社名が公開され拡散されていた。間違いない、限定版のろうそくを仕入れた業者だった。そんな中、驚くべきことに、私より一歩早く願いごと成就キットに入っていたろうそくが該当業者のものであることに気づいた人がいた。フォロワー五千人、慶尚南道《キョンサンナムド》昌原《チャンウォン》在住のカフェ経営者だった。グッズを仕入れた私より早く状況を把握するなんて、本当にすごいな。おかげで、巫女《ムーダン》うさぎのＳＮＳや商品販売ページには、朝早くからクレームが殺到していた。

　非を認めないわけにはいかなかった。私だって業者に騙された被害者だけど、商品を販売して結果的に被害を与えてしまった事実ははっきりしている。補償はもちろん、大衆の非難も甘んじて受け入れよう。だけど、私の心構えとは関係なく、みんなの攻撃が向かったのは巫女姉《ムーダンオンニ》さんだった。認知度のないうさぎのキャラクターより、顔を出して活動している巫女《ムーダン》ユーチューバーの方がずっと目立っていたから。みんなは実際にキットに入れたろうそくの仕入れ担当者が誰かなんてわかっていないし、そんなことに関心もない。

　非難の声が高まると、巫女姉《ムーダンオンニ》さんのユーチューブ動画にも悪質なコメントが殺到した。対応しないようにと言っていた巫女姉《ムーダンオンニ》さんは私の席にそっと近づいてくると

「最近、クソコメントが多いんだけど、ユーチューブの運営に問題でもあるのでは……」

と言葉を濁した。決着をつけるタイミングだった。

＊＊＊

アンニョンハセヨ、巫女姉《ムーダンオンニ》さんです。
最近「おまじないはセルフ、DIY願いごと成就キット」によって被害を受けた皆様に、
心よりお詫び申し上げます。
私を信じて商品を購入してくださったみなさまを問題に巻き込み
面目ありません。申し訳ないばかりです。
ただ、一つ誤解があり、この部分を訂正したいと思います。
当該コラボレーションでは役割が明確に分担され、私はブランドと限定版のお守りを提供し、
商品全体は巫女《ムーダン》うさぎ側で管理しています。
問題のろうそくは、巫女《ムーダン》うさぎ側が仕入れたものです。
しかし、企画を認証する立場できちんと確かめなかったのは
明らかに私のミスです。
今後はこのようなミスが起きないよう、努力いたします。
今回の件で被害を受けた多くの方々にもう一度お詫びを申し上げ、
暗黒バージョンの願いごと成就キットを購入されたみなさまには
全額返金させていただく予定です。
加えて、これから巫女《ムーダン》うさぎ側とのコラボレーションも

一切行わないことを申し上げます。
申し訳ありませんでした。また、いつもありがとうございます。
巫女姉《ムーダンオンニ》さん

巫女姉《ムーダンオンニ》さんのチャンネルに掲載した謝罪文は、私が何十回も消しては書き直したものだ。続けて巫女《ムーダン》うさぎのSNSアカウントにも「すべて私のミスであり、巫女姉《ムーダンオンニ》さんにはミスはありません」という内容の文をアップした。たくさんの人が読んでくれたのか「いいね」の数が見る見る増えていった。新しいメッセージの通知が来たけど、私は確認しないでログアウトした。どうせクレームに決まってる。一生分の罵声を浴びたと思えるほど、このところ、巫女《ムーダン》うさぎのアカウントにはありとあらゆる罵詈雑言が殺到していた。DMを開いても、不快になるだけだ。

自分の大切なブランドと巫女姉《ムーダンオンニ》さんとのコラボ関係を清算する文を自分で書いた気分はどうかと言えば、もちろんいいもんじゃない。でも、巫女姉《ムーダンオンニ》さんにこれ以上迷惑をかけるわけにはいかない。ここで撤退するのが、巫女《ムーダン》うさぎにとってもベストだと判断した。

この何か月か苦労して、夜も眠らずに築いてきたキャリアはどうするのか、だって？

やむを得ない事情により、ひとまず「さよなら」だ。すべてのアカウントの更新を止めて、処分できないスマホケースとろうそくの在庫は占いの館の倉庫に突っ込んだ。在庫をまた引っぱり出す日が来るだろうか、まったくわからない。もしかしたらネットの都市伝説の一つとして歴史に埋もれて消えるかもしれない。私は大きくため息をついてモニターを消した。

でも、そのため息には少しだけすっきりした部分が混ざっていた。私にしかわからないことだけど。

＊＊＊

［新しぃメッセージ］

助けてください、友人がおかしくなりました。
昨日友人が遊びに来たので、願いごと成就キットを使ってみようと取り出しました。
一緒にろうそくをつけて護符を書いていると、突然友人がもがきだしたんです。
奇声を発して床をかきむしって、白目をむいて、よだれを垂らして……。

私は怖くなってブルブル震えながら見守るしかできませんでした。
幸いなことに、と言っていいかわかりませんが
友人はすぐ気を失ったので、救急車を呼んで病院に行きましたが、まだ眠っています。
一体どうしてこんなことに？
まさか私のせいだったら……。
……願いごとをしたのは私なんです。
最近友人の性格が荒っぽくなって、執着もひどくなったので
昔のように戻ってほしくて。
今みたいな悪い姿なら、私の前から消えてほしいって。
本当に私のせいなのでしょうか？
悪いおまじないをした私の過ちだったら、私は耐えられません。
……何かわかったらどうか助けてください。
お願いです……。

episode

5

イケメン俳優と恋愛成就の護符

「あれ、もしかしてハヨン？」

巫女姉《ムーダンオンニ》さんとランチをして店を出ようとしたとき、私たちの次に会計をしていた女性に声をかけられた。顔を見ると、記憶のかなたに沈んでいた名前が一つ水面上に浮かんだ。

「まさかジュヒ？」

高校時代、美大予備校のクラスメートだったチャン・ジュヒ！　高校時代のまるまる三年間、あらゆる苦労と逆境を共にすごしたものの、それぞれ別の大学に進学してからは、自然に連絡が途絶えてしまっていた。共通の知人を通じて時々消息を聞くだけで十年以上会えずにいたジュヒが、今、目の前にいる。

元気だった？　とか聞きあってキャッキャしていると、ふと私のそばに立っている人の存在を思い出した。あわてておしゃべりをやめて、ジュヒに紹介する。

「こちらは私と一緒に働いている……」

「巫女姉《ムーダンオンニ》さん？」

紹介が終わらないうちに、巫女姉《ムーダンオンニ》さんの顔を見たジュヒはびっくりして手で口を塞いだ。

「ええ。私が巫女姉《ムーダンオンニ》さんです」

と、返事を聞くと、ジュヒは「キャー」、「どうしよう」とか興奮して叫びながら、ユーチューブのスタート時期からずっと見守ってきて、自分は巫女姉《ムーダンオンニ》さんの大ファンなのだと熱烈に訴えた。そればかりか、紙を取り出してサインをもらい、私に写真を撮ってくれと頼んできた。私は職場の上司と予備校のクラスメートのツーショット写真を撮りながら、一体どういう状況なのかを理解しようとしたけど、すぐには理解できなかった。

「ごめんね、午後の仕事あるでしょ。あまり引き留めても悪いし」

時計を見ると、確かにそろそろ仕事に戻る時間。ジュヒにじゃあね、と言おうとすると巫女姉《ムーダンオンニ》さんは、久しぶりに会ったんだからちょっと話したら？　と言って先に席を立った。顔には出していないけど、自分のファンに会って気分が良くなったみたいだ。こんなチャンスを逃すわけにはいかない。私はジュヒを連れて近くのカフェに向かった。

十年以上も会わずにいたとは思えないほど、ジュヒとの会話は盛り上がって、ずっと笑っていた。大学入試の時期を共に過ごしただけあって、思い出に残る素材はいくらでも湧いてきた。ひとしきり昔話が終わると、お互いの近況の話になった。ジュヒは最近恋人ができたのだと照れくさそうに笑った。

「恋人って言えば、あなたのあだ名覚えてるよ。『ジョングン夫人』だったじゃん。私はあなたが本当にイ・ジョングンと結婚すると思ってたんだよ」

仲のよいクラスメートは互いにあだ名で呼びあっていて、中でもジュヒは「ジョングン夫人」と呼ばれていた。イ・ジョングンという男性俳優が大好きだったから。高校時代に、偶然演劇を見てイ・ジョングンのファンになったジュヒは、彼と結婚するのだと彼への愛情を公言しまくっていた。しかし、そのころ私たちは「そんな無名の演劇俳優のどこがそんなにいいの?」と白い目で見ていた。その度にジュヒは「ほかのファンがいないからいいんじゃない」というマニアックな持論を展開し、イ・ジョングンの追っかけを続けて、さらに彼に会いたいという一念で舞台美術を進路に選んだ。

この十年の間にイ・ジョングンの立場は天と地ほどに変わった。たまたま出演したインタビュー番組で、シュッとした見た目と意外な天然ぶりで話題になった彼は、これに注目した有名作家のドラマの助演に取り立てられて、知名度を上げた。その後、初主演を務めたラブコメドラマが大ヒットしてスターの仲間入りを果たして以来、ずっと快進撃を続けてきた。テレビでイ・ジョングンを見かけるたびにジュヒの顔を思い出したんだよ、と話した。まあこんなに人気者になっちゃったら、もう結婚するのは無理だろうけど、とは口に出さなかったけど。もちろんジュヒにとっても、イ・ジョングンは学生時代に一時好きだった芸能人に過ぎないだろうけど。

「そうね。彼の写真見る?」

ジュヒはさりげなくスマホをタッチすると、写真を一枚出した。大したことないだろうと思って画面を見た私は、その写真を見た瞬間、目が飛び出しそうだった。驚いて開いた口がふさがらなかった。その写真には、ジュヒと一緒に腕でハートを描くイ・ジョングンがいたんだから！

びっくりしすぎて、矢継ぎ早にジュヒに質問を浴びせた。どうやって出会ったのか、どうやってつき合うようになったのか、などなど。ジュヒは私の反応に満足したように微笑みながら口を開いた。

「ジョングンが主催している劇団があるんだけど、数年前にそこに入団したの。私、舞台美術の仕事をしてるんだ。最初は同じ劇団にいてもジョングンが忙しくて会えなかったんだけど、最近ぐっと近づいてつき合うようになったんだ」

「マジか！　いつから？」

「ちょっと前からだけど」

「うわあ、よかったねえ。イ・ジョングンとつき合えるなら悪魔に魂を売ってもいいって言ってたじゃん。めっちゃ幸せでしょう？」

「うーん、そうね」

ジュヒは神妙な表情でうなずいた。それから別の話題に移って、話が途切れたころ、ジュヒがちょうど思い出したというように切り出した。

「ところで巫女姉《ムーダンオンニ》さんとはどういう関係なの？　一緒に働いてるの？」

来るべきものが来た。どう返そうかとちょっと悩んだ。どこまでぶっちゃけるか迷ってしまった。実際巫女姉《ムーダンオンニ》さんと共に過ごして一年近く経つ今だって、友人はもちろん家族にも「個人事業者の下で仕事をしている」とだけ伝えて、今の職業について正確な事実を打ち明けたことはない。まともな会社勤めを辞めてムーダンなんかのところで働くことになったなんて、誰も理解してくれないだろうと直感していたから。同年代の友達はすでに主任から係長に昇進したり、高額のオファーを受けてヘッドハンティングされたりしている。人生の進路はさまざまだとわかってはいるけど、一般的でない仕事を他人に打ち明けるのはハードルが高かった。

だけど、ジュヒはもう私が巫女姉《ムーダンオンニ》さんと関係があるとわかっている。もしかしたら、食堂の会話も小耳にはさんでいるかもしれない。薄っぺらな嘘では乗り越えられそうにない。それに、ほんの少し、私だって正直に話したかった。自分の仕事と日常について。

「実は巫女姉《ムーダンオンニ》さんのところで働いてるの」

「えっ、あなた広告エージェンシーに入社したって聞いたけど……」

「ああ、そこは一年で辞めて、その後転職してIT企業に行って」

巫女姉《ムーダンオンニ》さんの下で働くまでのいきさつをジュヒに簡単に説明した。もちろん悪霊に関したエピソードは隠したままで。

「わあ、本当にあなたって……」

無鉄砲だよ、浅はかだねえ、しっかりしてよ……予防注射みたいに次々とグサグサ刺されそうな言葉に身構えた。だけど、その後に続いたのは、

「かっこいいね」

「え、かっこいい、って？」

「うん、挑戦するために行ったんでしょう？　それに巫女姉《ムーダンオンニ》さんのチャンネル面白かったよ。うまくいくと思う」

実のところ、挑戦ではなく転職活動が嫌だっただけなんだけど、ほかの人が勝手に肯定的に解釈してくれて、気分がかなりよくなった。しかも、巫女姉《ムーダンオンニ》さんのチャンネルの展望まで好意的に言ってくれたので、行き止まりだと思っていた自分のキャリアも未来はきっと明るいぞ、と思えた。

「そこで主にどんな仕事をしてるの？」

「ユーチューブのコンテンツデザインをして、映像編集もして、コメント管理もして、ライブ放送のときは裏方をやって、使い走りもやって、掃除もして、どこかに行くときにはついて行って……。ほかに何があったっけ？　あ、護符も書いてるよ」

「護符を書いているの？」

おっと、褒められて調子に乗って余計な情報を漏らしてしまった。ジュヒは、私が個人クリエイターを補助するデザインの仕事をしていると思っている。ムーダンの業務を分担しているとまでは思っていないはず。ごまかさなくては。

「あー、じゃなくて……」

「巫女姉《ムーダンオンニ》さんが売っている護符って、あなたが書いたものだったの？」

ごまかす暇もなく、事実関係を把握されてしまった。巫女姉《ムーダンオンニ》さんの長年のファンを甘く見てはいけなかったのだ。あわてて手がブルブル震えはじめた。この事実が世に知られれば、巫女姉《ムーダンオンニ》さんに被害が及びかねない。どんな言葉でもいいからうまく言いつくろわなくては、と頭を回転させていると、ジュヒが天真爛漫に話しかけてきた。

「ちょうどよかった。じゃ、護符を一つ書いてくれる？」

おおっと、これも予想外だ。

＊＊＊

「イ・ジョングンが変わってしまったって？」

ジュヒは心配そうな顔でうなずいて、いきさつを教えてくれた。これまでジュヒがどれだけ優しく話しかけても、イ・ジョングンは舞台に関する会話だけして帰ってしまった。

そんな彼がひと月前に変わった。

「すごく優しくなったの。私にもよく声をかけてくれるようになって」

その直後から二人で会うことが増えて、ジュヒの猛アタックの末につき合うことになったという。

「じゃあ、うまくいったんだね。護符を使う必要なんてないよ」

「問題があるのよね。私にだけ優しいわけじゃないの」

もともとイ・ジョングンという男は、万人に対して平等にそっけなかった。俳優仲間にも、演出家にも、照明係にも、食堂のおばちゃんにも。だからジュヒだって、片思いが辛くても耐えられた。だけど、今ではイ・ジョングンは劇団のみんなに、特に女性には自分から先に話しかけて冗談を言って笑うようになった。ジュヒはここが一番辛いのだという。

「だから、護符を書いてちょうだい。私だけを愛してくれるように。ほかの女なんて目に入らなくなるように」

恋愛成就の護符は護符の売り上げでぶっちぎりの一位。だから何十回と作成してきたけど、自分と直接つながりがある友人に書いてあげるのは、また別の話だ。

「私じゃなくて巫女姉さん《ムーダンオンニ》に書いてもらう方がいいんじゃない？　私は専門家でもない

し」

遠回しに断ろうと巫女姉《ムーダンオンニ》さんの名前を出したが、ジュヒの目は私をじっと見つめている。

「ハヨンに書いてほしい。予備校のときのこともあるし」

「予備校のとき？」

「面白がって合格の護符を書いてくれたじゃない。あのとき護符をもらった子だけ大学に受かったんだよ。あれは本当に不思議だった」

「偶然でしょ。書いた本人はどこの推薦にも引っかからなくて、浪人になりかけたんだから」

「よく知っている人に書いてほしいの。書いてくれるよね？」

予備校時代には見たことのない真剣な目つきは、何というか、圧がすごかった。ギュッと握ってきたジュヒの手は熱くて汗で湿っていて、私を見つめる瞳はキラキラと澄んでいる。私は結局、話を終えるために曖昧にうなずくしかなかった。

＊＊＊

「いい友達がいるねえ」

占いの館に戻ると巫女姉《ムーダンオンニ》さんに褒められた。ジュヒのリアクションがすっかりお気に召したようだ。

ジュヒのことは……正直悩ましい。聞かせてくれた話には、どうにも不吉なところがある。私は少ししてから巫女姉《ムーダンオンニ》さんにジュヒの話をしてみた。劇団で働いているうちにイ・ジョングンとつき合うことになって、最近そのイ・ジョングンの性格が変わって、私に護符を書いてほしいと言ってきたことまで。黙って聞いていた巫女姉《ムーダンオンニ》さんの目がキラリと光った。

「おかしいね、性格が変わったなんて」

「まさか、悪霊に取り憑かれているんでしょうか？」

「可能性はあるね」

頭がこんがらがってきた。イ・ジョングンの性格が急に優しくなったのは偶然かもしれないけど、もしも悪霊説が正しかったら？　今つき合っているジュヒが危険なのは火を見るよりも明らかだ。

「護符を書いてあげるって言ったのね？」

悩んでいるところに、巫女姉《ムーダンオンニ》さんから予想外の言葉が飛んできた。

「護符ですか？」

「そう、護符。だけど、書いちゃダメよ」

「はい？」

話の流れについて行けない。どうリアクションすべきかわからなくて、シーンとすると巫女姉《ムーダンオンニ》さんが一言続けた。

「何でもいいから言いつくろって、書かずに踏ん張って。護符の効果を最大限に活かすには、対象を観察して書かなくちゃいけないとかさ。それから、その男に会わせてくれって言うんだよ」

「私がジョングンに会うんですか？」

「そうだ、あんたイ・ジョングン劇団に入りなさい。仕事しながら、観察すればいいんじゃない？」

巫女姉《ムーダンオンニ》さんはいいこと考えたとばかりに「ちょうどいいね、ピッタリだ〜」とメロディーをつけて口ずさんだ。だけど演劇に関する知識なんてまったくないのに、突然劇団に入れだなんて言われても困ってしまう。

「そこまでしなくちゃいけないんですか？　外部から監視して悪霊退治をすれば……」

「いつ調べはじめて、いつ退治をするつもり？　あんたの友達が危なくなってから退治するの？」

その言葉を聞いて、ジュヒの心臓をつかみだして喰らいつくイ・ジョングンの姿が生々しく頭に浮かんだ。その状況だけは防がないと。

「姉《オンニ》さんも手伝ってくれるんですよね？　危険にさらされないように」

「そりゃあ、もちろん」

いつもながら自信満々の返事に、少し安心した。電話をかけてジュヒに連絡をする。護符を書いてあげるから、劇団で働いてみたいと伝えるために。

「大歓迎よ、こっちはいつだって人手不足だから」

しかたがない。ジュヒを守るためだ。

＊＊＊

劇団に入って一週間。演劇経験も知識もない私をジュヒが受け入れてくれた理由がわかった。人手が本当に不足していた。いくら小劇団だと言っても、舞台美術の担当者がジュヒ一人だなんて。イ・ジョングンを監視するために入団したけど、実際には彼の鼻先すら拝めずに、私は毎日毎日ジュヒと一緒にチェーンソーで木材を切っては、インパクトドライバーで釘を打ち、舞台装置を作っている。

一週間の努力の末に作業が一段落したが、今日も家に帰れない。次は色を塗る作業だ。みんなが帰った劇場の裏庭に、舞台に敷き詰める床板を並べる。取っ手の長いローラーで茶色のペンキを塗って、乾かしてから木目に見えるように筆で細やかに塗っていく。

「床はこれで完成だね」

しばらく夢中で作業していて、ジュヒの言葉に体を起こすと裏庭を埋め尽くす枯れ葉色の床板が目に飛び込んでくる。

「いやあ、たくさん仕事したね。いつ塗り終わるかと思っていたけど」

「ハヨンのおかげだよ。私一人だったらいつまでかかっていたか」

ジュヒは笑ってそう言った。私はそんなジュヒを見つめながら、これまで気になって心の中に留めていた質問をぶつけてみた。

「ずっと気になっていたんだけど、どうやって一人で回しているの?」

「どうにかして、とにかくやるのよ。小さな劇団だから、正式な劇団員を増やすのも難しくて」

「イ・ジョングンみたいな有名俳優がいても難しいんだね」

「全部の芝居にジョングンが出演するわけではないからね。それに最近は少しずつ回収できているけど、これまでずっとジョングンが自腹を切って運営してきたの」

「自腹で？」

「うん。ここはジョングンがただただ演劇への愛情だけで設立したところ。今ではドラマ俳優として有名だけど、始まりは演劇俳優だったし、舞台にかける愛情も努力も本物なの。私だってそんなジョングンを見ているから、しんどくても頑張れたんだと思う」

ジュヒの話を聞いて、イ・ジョングンのことを見直した。それまでは見た目がシュッとしてて、ラブコメで人気が出て、人生気楽に生きているイケメン俳優だとばかり思ってたけど、自腹を切ってまで劇団を運営するほど自分の職業に情熱を持っているとは知らなんだ。

そのとき、ジュヒのスマホが大音量で鳴った。ジュヒは演出家から呼び出しの電話が来たと言って劇場に入って行った。

私は凝り固まった体をストレッチしながら、それまでに作り上げた物を見渡した。地面に広がっている床板とその隣に立ててある二階部分、そして階段。ジュヒの話によると、今回の芝居はドラキュラを現代的に再解釈した創作劇で、主人公が住む古びた洋館の内部が唯一の大道具だそうだ。そのため床は暗めの木製に見える色に塗り、舞台の奥には一段高く二階部分を作っておいて左右から階段をつなげる予定だ。雰囲気を出すために二階と階段にはゴシック風の手すりをつけ、二階の中央には大きな窓を描いて赤いカーテンまでかけてある。

目を閉じて完成予定の舞台風景を想像してみる。悪霊の情報を集めるために潜入して雑用をこなしているだけなのに、いつの間にかこの芝居が楽しみになっていた。

「ワッ!」

「わっ、びっくりした!」

耳元でいきなり大きな声がしたので、私はひっくり返るほど驚いた。振り返るとそこには私が必死で探していた顔があった。

「びっくりしました? ハヨンさん、ですよね?」

ジュヒの恋人かつ私の監視対象のイ・ジョングンだった。私は言葉も出なくてジンジンする耳を片手で包んでイ・ジョングンを見つめるばかり。

「ジュヒはどこに行ったんですか?」

「演出の監督から電話が来て、劇場に」

「なるほど。とりあえず、これどうぞ」

イ・ジョングンは片手に持っていたたくさんの紙コップから私に飲み物を一杯差し出した。私がぼんやりと飲み物を受け取ると、イ・ジョングンは私たちが作った階段に座り、こっちを見ながら隣の席をポンポンと叩いた。私はちょっと考えてからその隣に座った。

イ・ジョングンも飲み物を一杯取り出して飲む。私は彼の横顔をちらっと見た。彫りの深い大きな目にはうっすらとした二重まぶた、鼻筋は高く唇はふっくらしている。確かに見た目だけで言えば、そこらの一般人とは違う世界に住んでいる。

「ジュヒの高校時代の友達なんですよね？」

イ・ジョングンが突然こちらを見たので、ジロジロと観察していた視線をあわててごまかして、そうです、答えた。

「ハヨンさんはここに来る前に何の仕事をしてたんですか？」

しばらく悩んだ。ジュヒには私のことを、特に巫女姉さん《ムーダンオンニ》との関係は絶対に話すなと何度も言っておいたが、秘密が守られているのか確信がなかった。うっかりしたことを言わないように気をつけるしかない。

「平凡ですよ。会社でデザインをしてました」

「それがどうして舞台の仕事を始めたんですか？　安定した職場を捨ててまで」

「芝居が好きなんです」

「本当ですか？」

「本当です」

首をかしげて私をじっと見つめてくるのがプレッシャーで、私は目を合わせないように別の話をした。

「ジョングンさんは……もともとほかの人に好奇心があるんですね」

「ハヨンさんのことを知りたいんです。僕はハヨンさんが気に入りました」

予想外の言葉を聞いて、手に持っていた飲み物を落とすところだった。なんとか落ち着いて返す言葉を見つけた。

「劇団職員として気に入っているということですよね？」

「それもあるけど」

イ・ジョングンはそう言って、私に明るく微笑みかけた。ゾゾっと腕に鳥肌が立った。出会って十分も経たない、ガールフレンドの友達に色目を使うようなヤツだとは思わなかった。恋愛成就の護符にこだわっていたジュヒのことがようやく理解できた。

「作業は順調ですか？」

「もちろんです。さっきまでずっと床を塗っていたんですよ」

やっと話題を変えられると思って、よろこんで床板を指差した。しかし、床板を見たイ・ジョングンの表情は微妙だ。指を顎にあて首をかしげて、納得いかない様子で床板を見ている。なぜだか不安な気持ちになったころ、彼が口を開いた。

「あれより大理石の方がよくないですか？」

「大理石ですか？」

「現代的に再解釈したんですよね。木の床は古臭いから、大理石の方がスタイリッシュだと思いませんか？」

「古い洋館が背景なんですよね？　コンセプトを全部変えないといけないんじゃないですか？」

「そうですか、じゃあ全部変えないと。どう変えようか？」

　一人で考え込むイ・ジョングンから尋常でない気配を感じて、あわてて聞いた。

「演出監督とコンセプトの話できてるんですか？」

「ああ、僕、演出のお姉さん《ヌナ》と仲がいいんです。僕が言えば大丈夫ですよ」

　イ・ジョングンが親指を立てて言った。私はその親指をへし折りたい衝動にかられたけど実行できずに、何も言えないでイ・ジョングンを見た。

「大理石にしてくれますよね？　僕に似合うのはスタイリッシュな舞台ですからね」

　へらへらと愛嬌を振りまいて無茶ぶりをするイ・ジョングン。あんたのファンなら見た目と声で騙されてくれるのかもしれないけど、その言葉の内容を思えば絶対に軽々しく受け入れられるものではない。

「あ、僕もう行かなくちゃ。演出さんには僕から言っておくから。じゃあ、ハヨンさん、ファイティン！」

そう言って私の考えなどお構いなしに、行ってしまった。私はぼんやりとイ・ジョングンの後ろ姿を見送った。

＊＊＊
「どうよ、イ・ジョングンは？」

その晩、巫女姉《ムーダンオンニ》さんから電話が来た。私は彼に遭遇したことを思い出しながら返事をする。

「悪霊に取り憑かれてますね」

「そう？」

「はい、いかれてます」

「私も何度か見てみたんだけど、たぶん悪霊だって心証はあるけど物証がないよね。背後に誰かいるのかも、と思って探ってみたけど尻尾を出さなくて」

私は巫女姉《ムーダンオンニ》さんの言葉を黙って聞いて、一番知りたい質問を一つ投げかけた。

「それで、私はいつまで働けばいいんですか？」

「もう少しだけやってみて。手がかりが必要だから」

その一言で、電話が切れた。どいつもこいつも、言いたいことだけ言いやがって。聞く耳はないのか。職場の上司でもあるので、輪をかけて辛くて苦しくて頭痛が押し寄せた。

しかし、巫女姉《ムーダンオンニ》さんの願いはかなわず、数日間イ・ジョングンの髪の毛一本お目にかかれなかった。このまま、ただ働きだけして帰るのだけは勘弁してほしいと思いながら、ペンキを塗っているジュヒに聞いてみた。

「イ・ジョングンさんはもうここには来ないの？」

「ジョングン？　今日来てるけど？」

ジュヒは、イ・ジョングンが劇場の練習室にある小部屋で寝ていると教えてくれた。

さっさと聞けばよかった、と後悔しながら巫女姉《ムーダンオンニ》さんにそのことを伝えた。


――イ・ジョングンのスマホにこのアプリを入れて。

巫女姉《ムーダンオンニ》さんはメッセージと一緒にリンクを一つ送ってきた。リンクを開けてみると位置追跡と盗聴のアプリケーションだ。私はギョッとして返信をした。

―なんでこんなものを？

―めったに来ないんでしょ？　こんな方法ででも確認しないと。

犯罪ですよ、やりたくないです、とゴネたが、「友達が危ない目にあう」と言う巫女姉《ムーダンオンニ》さんの言葉にまた心が揺れた。

結局私は劇場からこっそり抜け出して、練習室に続く小部屋に向かった。また、巫女姉《ムーダンオンニ》さんに転がされている。だけど、どうしようもない。悪霊のせいで友人を失いたくはなかった。

音を立てないように注意しながらドアを開けた。イ・ジョングンは簡易ベッドで眠っていた。忍び足で近づいて顔の上で手を振り、鼻の下に指を当ててみた。間違いなく眠っている。枕元にあるスマホを持って、彼の指に押し当てた。簡単にロックが解除された。

ストアアプリに入って、巫女姉《ムーダンオンニ》さんが教えてくれたアプリケーションの名前を入力すると青いボタンには「設置」ではなく「開く」という文字が書かれている。あっけに取られたが、つまり当のアプリはすでに入っているのだと分かった。位置追跡アプリが、一体どうして？　結局、自分のスマホでイ・ジョングンの最新のメッセージ履歴だけ何枚か写真を撮ってスマホを戻した。

そのとき、外から足音が聞こえた。練習室に誰か入ってきたみたいだ。通り過ぎてくれることを期待したが、不幸なことに足音はだんだん近づいてくる。隠れなくては。あわててよさそうな場所を探したが、いかんせん部屋が狭すぎる。結局、簡易ベッドと壁の間の床に挟まるように横になった。それほど高くないベッドなので、隠れきれていない気がするけど、しかたがない。

ドアが開いて、誰かが入ってきた。一歩一歩近づいてくる足音。どうか気づかれませんように。キィッとマットに重みがかかる音がする。入ってきた人がベッドに腰かけたみたいだ。顔を確かめたかったけど、体が挟まっていて横を向くのも難しい。何とかポケットから取り出したスマホを両手でつかみ、できるだけ体に寄せて顔に近づけて簡易ベッドの上の状況がわかるようにカメラの角度を調整する。画面にイ・ジョングンの体が映り、その上にもう一人の体が重なっていた。角度をもう少し上げる。なじみのある服とヘアスタイル。ジュヒだ。イ・ジョングンの首筋に顔を深く埋めた姿。

ジュヒはそのままスンスンと匂いを嗅ぎはじめた。首から始まって耳、髪の毛までしばらく匂いを嗅いでから、だんだん下に下がっていった。そして、イ・ジョングンのシャツをそっと持ち上げて、お腹、わき腹に順次鼻を突っ込んだ。狭い部屋はジュヒがたまに漏らすため息で満たされた。

ちょっと！　ちょっと、どうしちゃったの？　スマホのカメラを通じて、見てはいけない友人の欲望が目の前にリアルタイムで広がっている。いつの間にか手は汗でぐっしょりだ。汗を拭こうとスマホを持ち替えたとき、手が滑ってしまった。

「ウッ」

スマホは顔の真ん中に落ちてきた。痛くて星が飛ぶのが見えた。涙がジワリとこぼれてきた。そして目を開けたとき、私はジュヒと目が合った。見てはいけないものを見てしまったという目つきだ。

＊＊＊

「あそこで何をしていたの？」

静かに部屋の外に連れ出されたとたん、尋問が始まった。

じゃあ、あんたは何をしてたわけ？　と聞き返したかったが、言葉に詰まった。かなりの変態行為だったが、それでもジュヒは表向きイ・ジョングンの恋人だ。愛情表現だったとも考えられる。さて、私は？　友人の恋人が寝ている簡易ベッドの横に虫けらのように体を丸めていた状況をどうやって弁解できるだろう。真実は悪霊に取り憑かれたイ・ジョングンを監視するアプリを入れるためだったのだが、そんな話を信じてくれるはずがない。

私が何も言えずに唇を噛んでいると、ジュヒはため息をついた。

「私の心配が当たったみたいね。ジョングンに気があるんでしょ？」

「違うよ！」

「じゃあ、何してたの？」

またもや言葉に詰まった。言いつくろう言葉が浮かばない。

「ねえ、ハヨン。あなたは私の友達だし、再会できて本当にうれしいよ」

ジュヒは声を低くして言った。ヤバい、不吉なヤツだ。

「だから、ジョングンには近づかないで。あなたまで失いたくないの、お願い」

＊＊＊

次の日。休日なのに一日中気分が晴れなかった。昨日ジュヒとケンカしちゃったからな。

何があったのか家に帰って電話で巫女姉《ムーダンオンニ》さんに話したけど、大した反応はなかった。じゃあ、休んだら？　と言われただけだった。

仕方ないから今日はゆっくり休んでクールダウンしよう、そんなことを考えてテレビをつけたとき、巫女姉《ムーダンオンニ》さんから連絡が来た。

「出ておいで、ドライブに行くよ」

もう私の家の前にいるのだという。あまりに急な展開で戸惑いながらも、急いで服を着て外に出た。本当に家の前に巫女姉《ムーダンオンニ》さんの赤いスポーツカーが停まっていた。しかたがないので助手席に乗り込んだ。

「急にドライブとはまた、どういうことですか?」

「落ち込んでいるみたいだから」

私のことを気にかけてくれてるんだろうか。自分の仕事と悪霊のことだけにかまけている人だと思っていたけど、ちょっと感動してしまった。素早く流れていく車窓の風景を眺めながら風を感じていると、予想以上に長くなってきたドライブに疑問が生まれてきた。

「で、今どこに向かっているんですか?」

「カフェ」

「何のカフェですか?」

返事は帰ってこなかった。巫女姉《ムーダンオンニ》さんは後ろから紙バッグを引っ張り出して私の膝の上に乗せただけ。バッグを開けてみると、サングラスと帽子、使い捨てのマスクが入っている。

「気に入ったものを使って」

「……何しに向かっているんですか？」

不安を知らせるサイレンが鳴り響く。これまでつき合わされてきた巫女姉《ムーダンオンニ》さんの行動パターンから考えて、絶対何かあるじゃん。

「あなたが送ってくれたメッセンジャーの内容を見たら、今日は大事な約束があるって。ついて行ったら面白そうだから」

やっぱり。ドライブとは名ばかりで、週末に呼び出されて尾行につき合わされただけだった。

「ドライブって言ったじゃないですか」

「ドライブついでに行くんだよ」

私は会話をあきらめた。未だに巫女姉《ムーダンオンニ》さんを理解できていない自分が悪いのだと考え直して、野球キャップをかぶって使い捨てのマスクを着用した。

すぐに目的のカフェに着くと、車を停めてその前で待った。いくらもたたずにイ・ジョングンが現れてカフェに入って行った。私たちも気づかれないようについて行くと、イ・ジョングンと程よく離れた席に座った。

「聞こえる？」

「あんまり聞こえません」

「だから盗聴アプリを入れろって言ったのに」

「もう入っていたんですから、どうにもなりませんよ」

「それって、誰が入れたアプリなの？」

「ストーカーでもいるんじゃないですか？　人気の芸能人ですし」

「マジで少しも聞こえないな。先に入ってたアプリを削除してもう一度インストールしたらいいのに」

「じゃあ、姉《オンニ》さんがやればよかったでしょうが！」

「私が近づくのは難しいでしょ。顔がバレてるかもしれないし」

「それが顔バレしたくない人の服装ですか？」

「これが？」

巫女姉《ムーダンオンニ》さんは自分の服を眺めた。毛皮のついた皮ジャケットはともかく、オレンジ色のレンズが輝くサングラスは尾行するつもりなのか、ファッションウィークに参加するつもりなのか、区別がつかないセンスだ。黒い帽子と黒いマスクを身に着けた私とは逆に。

「サングラスだけでも変えてください。ヤバい人だと思われますよ」

残っていた黒いサングラスを差し出した。巫女姉《ムーダンオンニ》さんはポケットに入れた手も出さずに、遠くを見ていた。

「このくらいいなら、バレないんじゃない？　それに、これ何日か前に買ったばかりなのよ」

買ったばかりだから何か？　理由にもならない理由を聞かされて、心の底から怒りが湧いてきた。

「あのですね、黙っていれば私だけが働いていると思うんですよ。今日だってドライブとか言って、貴重な週末に引っ張り出されて尾行までさせられて、言い出した本人は目立つ格好をして。劇団の外ではイ・ジョングンの情報をちゃんと集めていらっしゃるんですよねえ？」

「やってるってば」

「へー。こっちがどんだけ苦労してるかわかります？　週末もなしに呼ばれて毎日夜中までチェーンソーを振り回してペンキを塗って。イ・ジョングンの調査に行くんじゃなくて、ただ人手として働かされてるんですけど」

「わかってる、ごめん」

「そこまでやっているのに、今ではゴキブリみたいに隠れているところを友達に見つかって、自分の恋人に近づくなとまで言われて」

「頭に何かついてる」

「ちょっと、話聞いてますか？　ですから……」

私が無視して話を続けようとすると、巫女姉《ムーダンオンニ》さんは自分のスマホを差し出した。黒い待ち受け画面に私の顔が映った。頭に手のひらサイズの蛾がくっついている。

「うわっ、蛾だ！」

椅子から立ち上がって体中を払った。蛾は羽ばたきながら顔の周りを飛んで、私は頭を抱えてしゃがみこんだ。ちょっとした騒ぎに、カフェの中は一瞬シーンとした。頭上に影を感じて悪い予感に顔を上げてみると、イ・ジョングンがびっくりした顔で私を見下ろしている。

「ハヨンさん、どうしてここに？」

「それは……」

「まさか、僕を追いかけてきたんですか？　お友達と一緒に？」

バレた。巫女姉《ムーダンオンニ》さんも予想外の状況に驚いて固まっている。

「知らなかったなあ、ハヨンさんが……」

「説明します、どういうことか」

「僕のファンだったなんて」

「はい？」

イ・ジョングンは全部わかってるという顔で、奥ゆかしい微笑を浮かべている。

「劇団でも僕を見る視線に愛情を感じていたんです。僕のために、ジュヒに頼んで入団したんでしょう？」

「……そうです」

「でも、こんなふうについてくるのはダメだよ。プライベートは尊重しないとね。わかってくれるよね、ハヨンさんも、お友達も」

イ・ジョングンはそう言って、ファンサービスでもするみたいに巫女姉《ムーダンオンニ》さんの頭をポンポンしてほっぺをつねった。透けて見えるオレンジ色のレンズ越しに、巫女姉《ムーダンオンニ》さんの顔が制御できずに固まっているのがわかる。そんな姉《オンニ》さんを見ていると、危険な状況だけど心の底からちょっと楽しくなってきた。だからサングラス変えろって言ったじゃん。

「ジョングンさん、何かありましたか？」

イ・ジョングンと一緒にいた中年女性が、こちらに歩いてきた。

「知り合いがいたもので。僕の劇団で働いているハヨンさんと、こちらはうちの劇団のスポンサーの会長さんです」

中年女性は人のよさげな笑顔で私たちに挨拶をした。今日の尾行は何も得るものがないことが確定だ。

＊＊＊

数日後。ジュヒに呼ばれて朝から劇場に駆けつけた。計画通りだったら今日の午後から小道具を舞台に設置する作業の予定だ。それが、ジュヒは急に変更事項ができたからって、またペンキを塗っていた。

「床の色を元通りにしろってどういうこと？」

「うん、ジョングンがそうしろって」

床はイ・ジョングンに言われた通りに、とっくに釣り合いもしない灰色で塗り重ねてあった。それなのに急に元通りの木目調に戻せだなんて。急なリクエストが理解できない。

「どんな理由で？」

「その方がよさそうだからって」

「……ジュヒはどう思うの？」

「ジョングンに頼まれたらやらなくちゃ、ね。私よりもずっとよく芝居をわかっている人だから」

ジュヒはローラーにペンキをつけて黙々と作業を始めた。また枯れ葉色に塗られていく灰色の床板を見ているうちに、私もローラーを手にしていた。当事者のジュヒが平気だというのに、外野の私には干渉できないことだから。

しばらく作業をしていると、ほかのスタッフに呼ばれてジュヒが劇場に入って行った。私は裏庭に一人残って、ペンキ作業に没頭した。

「やりがいある?」

息を感じるほど耳元で声がして、怖気《おぞけ》が立つほど驚いた。振り返るとイ・ジョングンがニコニコしている。呆れた私が真顔で見つめ返すと、イ・ジョングンがさらに近づいて来た。

「大変そうに見えたから」

「大変ですよ。急に、全部やり直しで」

「やっぱり暗い色がいいですよね?」

「なんで、急に変えるんですか? 前は大理石がいいって言いましたよね?」

「そう思ったんですけど、舞台に立ってみたら大理石は僕の肌のトーンに合わなくて。やっぱり僕は暗い色のほうが見栄えがするんです」

「……イ・ジョングンさんは今度の芝居に出演しないじゃないですか」

「それでも、記念の写真を撮ってSNSに上げなきゃいけないんですよ」

ありえない言葉の連続で、力が抜けて手にしていたローラーを落としてしまった。イ・ジョングンは自分の方へ落ちたローラーを大げさな仕草で避けて、得意そうな表情で私を見た。こちらはまだあきれていたので、リアクションしてあげられなかったけど。

「あの日は無事に帰れましたか？」

「あの日？」

「ほら、僕の後を追いかけてきたことあったでしょ？」

そう言われて、忘れてしまいたい記憶が蘇った。私はわざとわからないふりをして遠くを見た。

「僕と仲よくしたいなら、直接言ってくれればいいのに。もしかして、友達のこと気にしているの？」

「友達ですか？」

「あのとき、一緒に来た友達、いたでしょう？」

ラッキーなことにイ・ジョングンは巫女姉《ムーダンオンニ》さんのことを知らずに、痛いファンの一人だと思っている。ラッキーだけど、こんなことなら巫女姉《ムーダンオンニ》さん本人が劇団に入ってもよかったんじゃないの。そんなことを考えていると、イ・ジョングンが急に質問をしてきた。

「あの友達の連絡先、教えてくれないかな？」

「え？　どうしてですか？」

「僕のタイプなんだよね。背が高くて、ファッションセンスも気に入った」

尾行するっていうのに新しく買ったサングラスにあんなにこだわっていたから、目立っちゃったんだな。痛いファンに認定されるだなんて、呆れて言葉も出ない。

「ジョングンさん、ガールフレンドがいるじゃないですか」

「異性として関心があるんじゃなくて、舞台に出たらよさそうだから」

「さっきタイプだって言いましたよね」

「劇団の主催者から見て理想的なんだよ。ともかく、連絡先教えてくれないかな？」

「あの子は演技に関心ないですよ」

「でも、わからないよね。僕が声をかけたらその気になるかも」

回りくどく断り続けたけど、イ・ジョングンはしつこかった。鳥のくちばしでつつかれるように十分ほど食い下がられて、私は言い返す余力もなくなった。結局、巫女姉《ムーダンオンニ》さんの連絡先を教えることはできないけど、彼の番号を伝えて一度会えるようにすることで妥協して、イ・ジョングンは帰ってくれた。

彼がいなくなると、その場にはやるべき仕事が山積みだった。ジュヒは一体どこに行ったのか、どうして戻ってこないのか。ペンキ塗りに戻ろうと筆を持ち直して、隣にある赤いペンキに筆を浸した。それから、床板にイ・ジョングンの名前を書いて、その横に中指を立てたマークを書いた。こんなふうにでも、怒りを形にしておきたかった。いろんな落書きを書いてイ・ジョングンへの悪態を書きまくってから、仕事を片づけなくちゃと思ってすべて枯れ葉色で塗りつぶした。木目に塗ったペンキの下で、今回の舞台の間ずっと床板にはイ・ジョングンの悪口が隠れているはずだ。私以外は誰も気づかないだろうけど。

床板のペンキ塗りを片づけてからやっと舞台設置を終えて、遅くなった帰り道で巫女姉《ムーダンオンニ》さんに電話をかけた。自分についた悪霊を退治する人に会ってみたいっていう、イ・ジョングンの笑えるリクエストを伝えるために。ところが、巫女姉《ムーダンオンニ》さんの返事がどうにもおかしい。

「イ・ジョングン？　今目の前にいるよ」

「もう会っているんですか？」

「うん、あんたもおいで。ここがどこかって言うと」

巫女姉《ムーダンオンニ》さんが住所を読み上げた。劇場の近くだった。そちらに向かって歩いていくと、どんどん人気《ひとけ》が少なくなる。言われた通りに着いたところは、じめじめと暗い雰囲気が漂う一階建ての廃建物だ。ここにイ・ジョングンと一緒にいるってこと？　疑いながら入口のドアノブを回すと開いていたので、中に入った。

まだ電気は通っているのか、ドアの奥には照明がついていた。足音を殺して近づくと、黒いビニール袋を被って椅子に縛られている男と、野球バットを持って立っている巫女姉《ムーダンオンニ》さんがいた。信じられない光景に驚いていると、巫女姉《ムーダンオンニ》さんが静かにしろと、口に指を当てたまま近づいてきた。

私は巫女姉《ムーダンオンニ》さんの腕をギュッとつかむと、ズルズル引っ張るようにして建物の外に出た。

「どういうことですか？」

「イ・ジョングンの情報をちゃんと集めろって、あんたが言ったでしょ。尾行してても尻尾を出さないし。だからさらってきたの」

巫女姉《ムーダンオンニ》さんは肩をすくめて、こともなげに言った。あまりに堂々とした態度に、私は思考停止に陥った。

「さらって、どうするつもりですか？」

「拷問」

「拷問？」

結局、行きつくところまで行くのか。目の前が暗くなる。

「正気ですか？　これって犯罪ですよ」

「犯罪だろうね、相手が人間なら。だけど、相手が悪霊なら犯罪じゃない」

オンニの論理は世の中の法規を超越していて、私は言い返せなかった。その間に、巫女姉《ムーダンオンニ》さんはドアを開けて中に戻って行った。とりあえず何をしているのか確認だけでもしようと思ってついて行く。私が入るとすぐに巫女姉《ムーダンオンニ》さんはドアに鍵をかけた。再びイ・ジョングンを縛ってあるところに戻った巫女姉《ムーダンオンニ》さんは、床に座って隣にあるノート型パソコンを手に取り、タイピングを始めた。まもなく「おまえはー悪霊だー」という、抑揚がなくぎこちない音声が薄暗い空間に響き渡った。テキストを音声に変換するプログラムだった。

「一体何を言ってるんですか！」

イ・ジョングンは声を荒げて言い返した。巫女姉《ムーダンオンニ》さんは床に置いてある木の枝を手にすると、黒いビニール袋を被った彼の頭を引っ叩いた。

「うっ！」

イ・ジョングンは苦しそうに短い悲鳴を上げた。どこかで見た気がするなと思ったら、ハン係長にマッサージをするとき使った桃の木の枝だ。

「静かにーしろー。そうーしないとーもっとー殴るぞー」

機械からの冷たい音声にイ・ジョングンの動きが静かになった。巫女姉《ムーダンオンニ》さんのタイピングが続く。

「誰がーやらせたー?」

返事がない。巫女姉《ムーダンオンニ》さんはもう一度、木の枝でイ・ジョングンの頭を叩く。短い悲鳴。

「誰がーやらせたー?」

「言えません!」

巫女姉《ムーダンオンニ》さんはうなずいて、新しい文章を作成した。

「目的はー誰ー?」

やっぱり簡単には答えなかった。沈黙が長くなると、巫女姉《ムーダンオンニ》さんは私に直接やってみろと手招きした。拷問、私が? いくら悪霊に取り憑かれたと言っても見た目は人間なのに。ひとまずノート型パソコンを受け取って、悩んでしまう。

「近くのー人間ーかー?」

ずっと気になっていた点だ。イ・ジョングンは悪霊に取り憑かれてからジュヒとつき合っているのだから。だけど、何の反応もない。

「俳優かー?」

「演出家かー?」

質問を変えてみても、変化はない。だんだんもどかしくなった私は、床に置いてあった器を一つ手に取った。例の小豆でつくったあんこがたっぷりと入っていた。スプーンでひと匙《さじ》すくうと、イ・ジョングンの顔に被せたビニール袋をそっと上げて、彼の口に入れた。小豆の味を感じたイ・ジョングンは、オエッっと声を上げて苦しみながら、ペッと口にしたものを全部吐き出してしまった。

「あんこ嫌い！」

もうひと匙すくって、イ・ジョングンの喉の奥深くに突っ込んだ。世の中で一番まずい食べ物を食べさせられて苦しんでいる姿に、今日見た性格の悪そうな顔が重なった。自分の肌のトーンが映えないというとんでもない理由で、すでに終わった作業を何度も繰り返えさせる愚かなあの顔が。

イ・ジョングンが吐き出した倍の量の小豆をすくって、ためらうことなく彼の口に入れた。口の中いっぱいになった小豆のせいで明確に話せず、モゴモゴ言う声が聞こえた。気にかけずに、もう一口つっこんだ。それを何度も繰り返すうちに、スプーンが器の底にぶつかった。用意された小豆を全部使い果たしてしまった。悔しくなって床にある桃の木の枝を手に取ると、巫女姉《ムーダンオンニ》さんが腕をつかんだ。なんでそこまでするのかという表情だ。ハッとした。私、何をやってるんだろう。

そのとき、急にガタガタという音がしてドアが開いた。そこには目を見開いて固い表情で私たちを眺めるジュヒがいた。

「ハヨン、あなた……！」

よりによってこの状況を目撃されるとは。それより、一体どうやってここを見つけたんだ？　頭の中はぐちゃぐちゃだったけど考えるのは後回しにして、とにかく飛び出してジュヒを捕まえた。もしかすると、イ・ジョングンに私たちの会話が聞こえるんじゃないかと思って建物の外に連れて行った。

「ジュヒ、私が全部説明するよ」

「何を説明するの？　あれってジョングンだよね？」

ジュヒが険しい目つきで言った。

「うん」

「一体何をしたの？　巫女姉《ムーダンオンニ》さんと」

「そうじゃなくて……」

「わかった。ハヨンはジョングンのストーカーだったのね？　そっか、そうなのね。それで近づいたんだね。だから私にも近づいて。それで、それで……」

ジュヒはうなだれてブツブツ言いだした。まるで壁の中に閉じこもっているかのように、私の声はまったく耳に入らないみたいだ。

「ちょっと！　私の話を聞いて！」

大声を上げて私は両手でジュヒの肩をつかむと、彼女の視線を自分に向けた。ジュヒはブツブツ言うのを止めて、私を見つめた。

「イ・ジョングンは悪霊に取り憑かれてるみたい」

「え？」

正直に話すしかなかった。すでにジュヒは自分だけの考えに固執して、私の言葉なんて信じてくれそうにない。むしろ正攻法で行こう。深呼吸を一度して話を続けた。

「巫女姉さん《ムーダンオンニ》のユーチューブチャンネルよく見るって言ったよね？　そこでも話が出るでしょ。人に取り憑いて普段はしない行動をさせて、最後にはほかの人を喰ってしまう存在」

「見たことはあるけど……」

「イ・ジョングンを見てよ。ひと月前からはっきりわかるほど性格が変わったって言ったでしょ。おかしいと思わない？」

ジュヒの目が泳いでいる。ここで一息に行かないと。

「ジュヒ、誰よりもあなたがわかっているんでしょう？　今のイ・ジョングンが以前とは別人だって」

くさびを打ち込む言葉だった。ジュヒは何も反応しなかった。ぼんやりとした表情で壁に寄りかかってズルズルとしゃがみこんだ。私も用心深くその隣にしゃがんだ。五分くらい経ったかな、ジュヒは固く閉じていた口を開いた。

「気づかないわけないじゃない」

言葉ではとうてい言い表せないほど空虚な表情だった。

「いくら性格が悪くて不親切でも演劇だけは大切にしていた人よ。それなのに、準備してきた芝居がどうなろうと平気で、むしろ芝居を台無しにしてる。私、十年間見守っていたんだよ。同じ人だと思えるはずがないよ」

ジュヒは低い声で話した。イ・ジョングンを初めて見た私だっておかしいと感じたのだから、長年のファンであるジュヒが気づかないはずがない。ただ、あまりにも現実離れしていて、受け入れられなかったんだろう。よしよし。ようやくジュヒと話が通じそうだ。

「大丈夫、悪霊退治すればいい。それで元に戻れるよ」

「退治するの？」

一瞬やさしくなったジュヒの目つきがまた険しくなった気がした、けど私は気のせいだと思って説明を続けた。

「そう、悪霊は人を傷つけるから、早く消さないと」

「ダメだよ、やめて」

「やめろって？」

予想外の反応だった。冗談かと思ったがジュヒはこれまでで一番真剣だった。

「悪霊退治したら、前の姿に戻っちゃうんでしょう？　全部忘れちゃうんでしょう？」

「そうだよ」

「じゃあ、私との関係も消えちゃうじゃない。つき合えるようになったのに、私を知らないジョングンに戻っちゃうなんて。そんなのダメだよ」

「ジュヒを殺しちゃうかもしれないんだよ。人間じゃなくて悪霊なんだってば」

「殺さないよ、私にはわかる。今のジョングンで構わないから、絶対に悪霊退治はしないで」

なんとかして説得しようとしたけど、ジュヒの頑《かたく》なな態度に、結局悪霊退治はしないと約束するしかなかった。そうでも言わなくては、私と巫女姉《ムーダンオンニ》さんを警察に突き出すと脅してきたからだ。悪霊退治はしないと、私の宣言を録音してようやく安心したジュヒは、やわらかな表情に戻って、今日のことは秘密にしておくねと言った。

「ストーカーがやったことにして、私が見つけて追い出したって言っておくから。もう帰って」

得るものはなかったけど、帰るしかなかった。今日の仕事は何もかも失敗ばかりだった。

「そうだ、ハヨン」

帰ろうとすると、ジュヒの低い声が聞こえた。

「護符だけでも約束通り書いてもらえるかな？」

私はわかった、と答えて前を向いた。歩きながら考えた。どうせなら、ジュヒが悪霊に取り憑かれた方がよかった。その方が、傷が浅くてすんだだろうから。

＊＊＊

二日後、私たちは悪霊退治の準備をした。巫女姉《ムーダンオンニ》さんはイ・ジョングンを「拷問」までしたのに、確実な手がかりを得られなくて、しかもジュヒに真実を知られた以上、本人の耳に入るのも時間の問題だと判断した。

イ・ジョングンにはあらためて約束を取りつけた。友達も関心があるみたいだから会わせてあげる、と言うと、すんなり快諾した。おかげで準備は万端。巫女姉《ムーダンオンニ》さんと私は、人通りの少ない劇場近くの公園を訪れ、遊具やフェンスの隅々まで護符で埋め尽くした。近くのレストランで食事をしてからここに移動するつもりだ。公園でしばらくおしゃべりをしてから私が抜け出して、隠れていた巫女姉《ムーダンオンニ》さんが飛び出して悪霊退治をする計画だった。

だけど、約束の時間が過ぎてもイ・ジョングンと連絡がつかなかった。一時間以上外で待たされてからやっと「劇場に問題が発生して抜けられない」というメッセージを受け取った。すでに計画からはかなり遅れている。これ以上遅れたら、どんな非常事態になってしまうかわからない。しかたなく私たちは劇場に向かった。そっとドアを開けて中に入って行く。休日とあってロビーはシーンとしていた。練習室に行ってみたけど、誰もいなかった。簡易ベッドのある休憩室も、照明室も誰もいない。最後にホールに入った。

ホールの照明をつけてみると、中は空っぽだった。私たちはイ・ジョングンがどこかに隠れているのではないかと思って、客席をゆっくりと通りながら奥に進んで行った。いつの間にか舞台には古びた洋館が設置されていた。舞台裏の控え室にいるのだろうか。注意しながら舞台に上がって、巫女姉《ムーダンオンニ》さんの前を歩いていくと、後ろからドスンと音が聞こえた。イ・ジョングンだった。天井から、しかも巫女姉《ムーダンオンニ》さんの体を狙って落ちてきたのだ。巫女姉《ムーダンオンニ》さんはギリギリで避けたが、バランスを崩して転んでしまった。その瞬間を逃さず、イ・ジョングンは巫女姉《ムーダンオンニ》さんに馬乗りになって首を絞めた。

彼の目はメラメラと赤く燃えている。顔には血管が浮き上がり、次第にどす黒くなっていく。悪霊の正体が現われた。巫女姉《ムーダンオンニ》さんはさらに力を込める手の中から抜け出そうともがいている。

完全に化け物の姿になった瞬間、イ・ジョングンの動きが止まった。巫女姉《ムーダンオンニ》さんはその隙を逃さず、イ・ジョングンの腹を足で蹴って抜け出した。巫女姉《ムーダンオンニ》さんが距離を取って荒い息をしている間、イ・ジョングンは手足を奇妙な角度にひねりながら悲鳴を上げた。まるで鉄板の上で焼かれるイカのようだ。

「痛え、なんだこれ、痛いって！」

前の晩、私はジュヒの家を訪ねていた。ジュヒがあれほど望んでいた護符を渡すためだ。近ければ近いほど効果が大きくなるから、イ・ジョングンの服や財布などにできるだけたくさん入れておくように言って、恋愛成就の護符だと言いくるめて悪霊退治の護符を渡した。ジュヒは、余裕でイ・ジョングンのパンツに護符を縫いつける子なので、効果は十分に発揮したはずだ。

イ・ジョングンが悪霊の力を発揮できない隙に、巫女姉《ムーダンオンニ》さんが悪霊退治の儀式を始めた。巧みなフォームでイ・ジョングンに馬乗りになると、彼の喉の奥深くに護符を入れた。そして口を開かないようにあごを両手で抑えると、苦痛に満ちたうめき声がホールに響いた。あと少しだ。私は少し離れて悪霊退治が終わるのを待った。そのとき、劇場のドアがバーンと開いて、誰かが猛烈な速度で走ってきた。ジュヒだ。

「何てことしてるの！」

ジュヒは助走の勢いそのままに巫女姉《ムーダンオンニ》さんに体当たりした。予想外の頭突きに巫女姉《ムーダンオンニ》さんは横に倒れてしまった。

「大丈夫？　こんな顔になって、ああ、なんてこと」

「ジュヒ、あんたどうしてここを」

私の言葉は耳にも入れずに、ジュヒは切ない表情でイ・ジョングンを胸に抱き、顔を撫でた。イ・ジョングンには一人で来いと言い含めておいたのに。二回も続けて恋人がいる場所を探し当てるなんて信じられない。

「ジョングンがどこに行くか、私にわからないはずないじゃない」

やっと気づいた。位置追跡と盗聴のアプリ、あれはジュヒがダウンロードしてたんだ！

予備校時代の友人は私が知っている以上に普通ではなかった。

「あの子を追い出して！」

巫女姉《ムーダンオンニ》さんの言葉に我に返った私はジュヒの腕を握りしめて、イ・ジョングンから離れさせようとした。でもジュヒは一歩も動かずイ・ジョングンにべったりとくっついて、彼の服に入れておいた護符を引っ張り出すとビリビリに引き裂いている。

「ジョングン、ごめんね。あなたがこんなに苦しむなんて」

ジュヒが最後の一枚の護符まで破り捨てると、イ・ジョングンの発作が静まった。その間、体勢を整えた巫女姉《ムーダンオンニ》さんは、取っ組み合いをしてジュヒを外に引きずり出した。二人が客席でもみ合っている間に気力を回復したイ・ジョングンは、すぐさま立ち上がって穴が開くほど私を見つめてくる。真っ赤に輝く瞳と視線がぴったり合うと、頭の中にサイレンが鳴った。顔色をうかがいながら私がそろそろと体を動かそうとした瞬間、イ・ジョングンが私に向かって突進してきた。

逃げなくちゃ。できるだけ距離を取ろうとして、舞台裏から上につながる片方の階段を駆け上がり、洋館の二階に立った。イ・ジョングンが野犬のような速度でついてきた。私は反対側の階段を駆け下りたが、すぐに追いつかれたので、再び舞台を回って最初の階段に上がった。そして、また階段を下りた。

しばらく鬼ごっこをするわけでもなく、舞台と階段と二階とをぐるぐる回っていた。巫女姉《ムーダンオンニ》さんは一体何をしてるんだろう？　走りながらホールの中をぐるっと見回したら巫女姉《ムーダンオンニ》さんは必死でジュヒをドアの外に押し出そうとしていた。息が切れてきた。イ・ジョングンがどんどん近づいてくる。このままじゃダメだ。

イ・ジョングンが私を追って二階に上がったとき、私は全力で窓にかかった赤いカーテンを荒っぽく引っ張った。ブチブチッという音とともに破れたカーテンに覆われ、突然視界を遮られたイ・ジョングンはふらついて欄干に引っかかると、下に落ちてしまった。今だ！　私は一階に駆け下りて、床を覆っていたカーペットと彼の体を包んでいたカーテンを引きはがすと、舞台から投げ捨てた。

　すると、イ・ジョングンの体が稲妻に打たれたように硬直した。舞台の床に大きな赤い漢字が鮮やかに浮かんだ。しばらくして、イ・ジョングンのつんざくような悲鳴が劇場に響き渡った。私がペンキを塗りながら、イ・ジョングンの悪口をさんざん書いた場所だった。悪霊を退治したいという気持ちでいっぱいで、いつも護符を書くときに使い慣れた文字をくり返し一緒に書いていたんだな。こんなふうに使えるとは思わなかったけど。

　ジュヒを追い出してドアをかけてロックした巫女姉《ムーダンオンニ》さんも駆けつけて、悪霊の息の根を止めた。一分も経たないうちに、イ・ジョングンの口から宝玉が飛び出し、気を失った体はぐんにゃりとなった。

　やっと終わった。そのとき、舞台裏からジュヒが飛び込んできた。ホールの外を回って楽屋から入ってきたようだ。ジュヒはイ・ジョングンの上半身を起こして胸に抱きしめた。

「死んだの？」

「気絶してるだけだよ」

　巫女姉《ムーダンオンニ》さんの返事が耳に入らないかのように、ジュヒはイ・ジョングンの名前を叫びながら泣き出した。誰かが見たら人が死んだと信じるほど悲しそうに。私たちは宝玉と床に散らばった荷物を持って外に出た。ドアを閉めて出て行くまで、ジュヒの泣き声は悲しく響き渡っていた。疲れた足取りで、私はジュヒが本当に愛したのはイ・ジョングンだったのか悪霊だったのか、答えのない問題に悩んでいた。

digression 2

私のお姉《オン》ちゃ《ニ》ん観察記

私にはお姉ちゃんが一人いる。七つ年上で、大学で視覚デザインを専攻し、現在はデザイナーとして勤務していて、名前はキム・ハヨンという。年の差は開いているが精神年齢はさして変わらないし、小さなころからこまごまと構ってくれたので、それなりに良好な関係をキープしている。その分しょっちゅうおしゃべりもして、小さなことまで隠し立てのない関係だったけど、最近になって怪しいところが出てきた。

お姉ちゃんがぐったりと疲れた様子で家に帰るなりソファにうつ伏せになって伸びてしまったのは、一年ほど前の夜のこと。飲み会でもあったのかなと思ったけど、酒の臭いは全然しなかったうえに、身軽なジャージ姿でズボンのあちこちに土埃がついていた。もしかしてジョギングでも行ったのかと思いかけたけど、お姉ちゃんは決してそんな健康的なタイプじゃなかった。

一人で推理を巡らしていると、お姉ちゃんはスッと顔を上げて低い声で言った。

「ハジョン、お姉ちゃん転職するよ」

突然どうした？　びっくりして返す言葉が出なかった。

もう大人だから、もちろん一人で決めることもできる。だけど前の転職のときは、しんどくてやってらんないとか、もう辞めてやるとか、お母さんや私に半年近く泣き言を言って、ようやく転職したんじゃなかったっけ？

それなのに今度はもう決めちゃって会社を移ったって、マジで？　先に話してくれなかったのは水くさいし、あまりにも急に決めて何だか気になるし。私は新しいところはどんな会社なのかしつこく問い詰めた。だけどお姉ちゃんはすぐに答えてはくれなかった。ただ奇妙な表情でつぶやいていた。

「大丈夫、たぶん、大丈夫……」

その言葉は、何だか私への返事じゃなくて自分自身を洗脳しているみたいな感じだったから、私はそれ以上聞き出すのをあきらめるしかなかった。

それからというもの、怪しい出来事がさらに増えた。あるときなんて仕事先で使って残ったからと言って、けずりぶしとカットされたたこ、たこ焼きの粉などをどっさり持って帰ると、何日もたこ焼きばかり作って食べた。おこぼれにあずかったたこ焼きは確かにおいしかったが、一体何の仕事をしてこの材料が、しかもこんなに大量に残っちゃったのかまったく理解できなかった。

何か月か前にはお姉ちゃんが部屋に閉じこもっているので、そーっとドアを開けて覗いたこともある。すると暗い部屋の中は護符とろうそく、小さな人形で埋め尽くされていて、お姉ちゃんはその部屋の真ん中でブツブツと汚い言葉をつぶやきながら、機械的な手つきでそれらを鉄製の箱に詰め込んでいた。私は覗き見しているのも忘れて「一体何をするつもりなの？」と声を上げてしまったけど、お姉ちゃんはくたびれた表情でそれも仕事の一部だと言って、私を部屋から追い出した。

それで終わりではなかった。以前の会社に勤めているときは、職場の上司を罵りながら精神的な苦痛を訴えることが多かったけど、転職してからはくたくたになって帰宅したり、体調が悪かったりと肉体的な辛さを訴えて、私にマッサージしろと言うことが増えた。ずっと無視していたけど、この間はあまりにしつこくてしかたなしに背中を揉んであげた。「こんなことのためにデザイン専攻したんじゃない……」とつぶやくのが聞こえた。

一体、何をしているんだろう。

私には意地悪なとこもあるけど、お姉ちゃんは基本的に他人に文句が言えなくて、物事に巻き込まれてしまうタイプだ。旅行先で変なお土産を買わされるなど、推しに弱い一面もあるし、他人が気にもとめない些細な一言も失言したと何日も後悔するほど気が弱い。

そんなお姉ちゃんだから、間違えて悪い雇用主につかまって奴隷のようにこき使われているとか、マルチ商法で違法な仕事をさせられているんじゃないかと心配だ。あるいはカルト宗教に騙されて家族に隠れて労働力を捧げているかもしれないよね。

想像をすればするほど疑惑がどんどん大きくなって抱えきれない。これも全部お姉ちゃんの態度がはっきりしないから。最近も「あの人のせいで忙しくてしょうがない」と言って遅く帰ってきて会話をする時間もないんだから、疑惑は消えそうもない。あと何日かで連休だ。休みの間に隙を見て探ってみなくちゃ。それで、必ず突き止めてやるんだから、お姉ちゃんがどんな仕事をしているのか。

episode
6

クリスマスイブに退職成功の護符

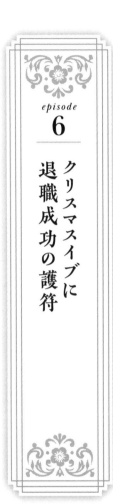

こんな瞬間ってない？　それまでうまくやってきた業務がむだに感じられて、安定を感じていた毎日のルーティーンがじわじわと首を締める圧迫感に変わってしまう瞬間。鶏小屋のように狭苦しい現状から抜け出して、はるか先まで続くだろう未来を想像しちゃったりする瞬間のことだ。私にとっては、今がその瞬間みたい。

特別なことはない。新しい動画に使うサムネイルの製作中。熱く語る巫女姉《ムーダンオンニ》さんの顔の横にフリー素材でダウンロードした幽霊のイメージを貼りつけ、「#FFFF00」の鮮やかな赤で「悪霊はあなたの隣にいる!?」という見出しのフォントを決める。見るだけで目が覚めるショッキングな言葉遣いだ。

毎週のように繰り返す習慣的な仕事。それでもコメント欄の管理やSNSの書き込みなどの業務に比べてみんなの目に留まる大事な発信だし、「デザイナー」っぽい仕事なので、どちらかと言えば好きな部類に入る。だけど、どうしてだろう、今日に限ってどうにも集中できない。手は動かないし、頭を動かせばすぐに夕飯は何を食べよっかなー？　なんて考えてしまう。仕事の意欲がわかない。やりたくない。この仕事を私がすべき理由を一つひとつ思い返してみる。今までうまくやってきたのに、なんでだろう？

まあ、理由はすでにわかってるんだけどね。一つは「キャリア」という恐ろしい言葉のためだ。私はＵＸ／ＵＩデザイナーだった。それも五年の経歴だから、そこそこ無視できないキャリアだ。なのに、今の仕事ときたらUX／UIとはまったく接点がない。ユーチューブの管理はマーケティングやブランディングデザインに近いものだし、護符は……何だろう？　宗教やシャーマニズムのデザイン？　デザインというのはどこにでもあるから、そんな分野が存在しないとは言いきれないけど、重要なのは自分がその道のプロを目指してなんかいないというところ。

ほかの原因もある。今作っているサムネイルにも出てくる、「悪霊」という存在。巫女姉《ムーダンオンニ》さんが撲滅すべしと公言している存在。いつもいろんな顧客から悪霊がいるから何とかしてくれと相談が入って、その度に巫女姉《ムーダンオンニ》さんは私をアシスタントとして連れていって悪霊退治をした。改めて考えると、デザイナーの私がどうして悪霊退治のようなマネをしなくちゃいけないのか？　平凡な会社員だった私が、いつの間に護符を書く仕事に就いているのか？　何が悲しくて悪霊を捕まえるようになっちゃったのか？　何日か前、この疑問を巫女姉《ムーダンオンニ》さんにおそるおそる打ち明けてみたところ、一蹴されてしまった。

「最初の契約書に書いたでしょ」

帰宅して真っ先に、部屋の片隅に突っ込んである勤労契約書をなんとか見つけ出してじっくり読んでみた。よく読むと、契約書の裏には次の内容が書かれていた。

一．「乙」は「甲」の事業と関連して「甲」が指定する業務を遂行しなければならない。
二．「乙」の業務は「甲」の事業体と関連したデザインおよびユーチューブ管理全般、悪霊退治セットとそのほかの業務を含む。

おつまみセットは聞いたことがあるけど、悪霊退治セットとは？　慣れない単語に戸惑ったけど、認めるほかない。契約書に書かれているのは事実だし、内容をきちんと確認しなかった私が悪い。私はこれからも文句を言わずに巫女姉《ムーダンオンニ》さんの後をついて行くしかない。

でもなあ、悪霊はさ、悪霊を捕まえることはさ、怖いんだよ。悪霊と直接闘うのは巫女姉《ムーダンオンニ》さんだったけど、近くにいる私も危険な目にさらされるケースがなくはなかった。巫女姉《ムーダンオンニ》さんは力も強くて格闘能力も優れているけど、私は一般的な事務労働者にすぎない。運動と言えば、通勤退勤で歩くことと、息をすることだけだ。筋肉なんて探してもないし、体力も地下鉄に駆け込み乗車するだけでしばらくハアハアと息が上がったままというレベルの低さだ。それなのに、いつ悪霊に殴られるか、噛みつかれるかわからない。これまでは悪霊を捕まえるたびにもらえるボーナスを考えて我慢してきたけど、やっぱり命が大切だと思う。

考えすぎて頭がオーバーヒートしたので、休憩しようとスマホを手にした。転職サイトに新着メールの通知が来ている。「もしかして」と、期待が膨らむ。メールを開いてみる。

[Rebecca]
こんにちは、レビーカンパニー代表のレベッカと申します。キム・ハヨンさんの履歴を見て、弊社にぴったりの人材だと思い、ご連絡させていただきました。当社のデザイナーとして働く意向はありませんか？

私の心を翻弄する最適なタイミングがあるとすれば、まさに今だ。

＊＊＊

レベッカとメッセージをやりとりしてわかったのは次の通り。レビーカンパニーは顧客に頼まれたお使いを遂行する新生スタートアップ会社で、現在の職員は代表一人しかいない。採用予定人材はデザイナーで、今のところ私一人だ。巫女姉《ムーダンオンニ》さんと仕事をする現在の状況と大差がないし、そのうえ通勤と退勤の時間を合わせれば三十分余計にかかる。転職する理由がない。お断りの言葉を一言ずつ書いていると、新しいメッセージが届いた。

[Rebecca]
参考までに、弊社は常時在宅勤務を行っていますので、オフィスへの出勤は不要です。

在宅勤務。公共交通機関を利用しなくてもよくて、嫌な人と顔を合わせて働かなくてもお金を稼げる労働の新概念。人にもみくちゃにされるのが大嫌いな私が、ずっと希望していたけどこれまで勤めたどの会社でも叶わなかった、絵に描いた餅。それが常時在宅勤務だなんて。つまり自宅にいても、済州島でも、バリの海辺でも働ける。

[Rebecca]
そうだ、一番重要なことを言っていませんね。年俸はこのくらいを考えています。

メッセージがもう一つ届いた。万ウォンの前にならぶ四桁の数字。その数字を見たとたんに心拍数が上がった。現在、巫女姉《ムーダンオンニ》さんの下で受け取っている金額よりはるかに高い。もしかして、最初の数字を打ち間違えているんじゃないの？　私はショックでしばらく返事をしなかったから、レベッカは拒絶されたと思ったのか、立て続けにメッセージが届いた。

[Rebecca]
失礼かもしれませんが、今勤めている会社がハヨンさんの才能を最大限に発揮できるところだとは思いません。

[Rebecca]
私はハヨンさんの長所をちゃんと生かす自信があります。

[Rebecca]
ハヨンさんのことを理解していない、不安定で危険な職場からはもう抜け出してください。

巫女姉《ムーダンオンニ》さんチャンネルで働いている経歴は転職サイトに追加していないので、以前の会社のキャリアを見て言った言葉だろうが、メッセージとタイミングがまさに絶妙だった。そのおかげで激しい風に吹かれるようにグラグラ揺れていた心が、今は台風にさらされるようにバタバタと暴れ出した。とりあえず考えさせていただきます、と返信してから、仕事をしようと『Photoshop』を開いた。だけど、心が浮き立ってまったく集中できない。まっさらな画面。どうしたらいいのかな。

「ハヨン、さっきから呼んでも返事がないんだけど、何を考えてるの？」

突然巫女姉《ムーダンオンニ》さんが目の前に現れたので、私はビクリと飛び上がった。悪いことをしていてバレた子どもみたいに、顔が火照って体が硬直して、巫女姉《ムーダンオンニ》さんの顔をまっすぐ見られない。

「えーと、何か御用ですか？」

「明日は出勤しなくてもいいよ。私も用事があるから事務所には来ないし」

一瞬びっくりしたけど、その後に続いたのは最高の言葉だった。素早くカレンダーに目を通した。明日はちょうど一二月二四日金曜日、クリスマスイブだった。この一言は、入社以来巫女姉《ムーダンオンニ》さんから聞いた言葉の中でとびきり甘美に響いた。私は心の中で歓声を上げてニマニマと笑いながら、いってらっしゃいと姉《オンニ》さんを送り出した。一日中進まなかったサムネイル作業も三十分で終えた。家で幸せに過ごすクリスマスイブを楽しむために。仕事を終えないと、明日はのんびり休めないからね。

＊＊＊

寝たいだけ眠ってかなり遅く起きた。しばらく部屋で寝返りを打つ。トイレに行こうと部屋を出ると、妹のハジョンが信じられないという表情で私を見ていた。

「会社行かなかったの？」

「休みだよ。学校は？」

「行ってきたよ」

トイレから戻って、ハジョンが座るソファの横に寝ころんだ。テレビでは見たこともないドラマが放映されていたが、ハジョンも私もテレビには目をくれずにスマホをいじっていた。

「お姉ちゃん、今日の夕方予定ある？」

「特に何も」

「じゃあ一緒に遊びに行こうよ」

面倒くさいのですぐに嫌だと断ったけど、ハジョンはあきらめなかった。

「家にばかりいるの、よくないよ」

「友達と行けばいいでしょ、友達と」

「私、友達いないもん」

とうとう私の足にしがみついてまで駄々をこねる。何度か足で押しのけたにもかかわらず、しつこくつきまとうので、結局根負けして一緒に行くと約束してしまった。友達がいないと哀願する姿が可哀想だったし、何より会社に行かなかったので体力が温存されていた。

巫女姉《ムーダンオンニ》さんに感謝しろよ。楽しそうなハジョンの後ろ姿を見て私はそうつぶやいた。

＊＊＊

予想通り、ストリートはごった返していた。クリスマスイブだから当然と言えば当然だけど。でも意外と悪くなかった。久しぶりの繁華街は活気に満ちていた。鳴り響くキャロルは心を弾ませて、街のデコレーションも気分がいい。私たちはツリーの前で写真を撮ったり、ストリートミュージシャンを冷やかしたり、フリーマーケットを熱心に見物したりもした。出かけるのが面倒だと誰が言ったのか、と自分で突っ込むほど、めいっぱいクリスマスイブを楽しんでいた。そうやって数時間過ごすと、歩き疲れて足が張ってきた。

「ハジョン、私もう疲れたよ」

「じゃ、お店に入ろうよ。雰囲気のいいところを見つけておいたから」

家に帰ろうという意味だったが、ハジョンは気づかないふりをして店に向かった。黙ってついて行くと、静かな雰囲気の小さなイザカヤ*11に着いた。ハジョンの言う通り、雰囲気は本当に良かった。問題は空席がないってところだ。こんな日に、規模の小さい飲み屋なら当然のことだ。あわてたハジョンは近くにある別の店に行った。やっぱり満席だ。次も、その次も。

寒さが身に染みて体が冷たくなってきた。あまりに長く外で過ごしたから、足はすでに冷たく凍えて、歩くたびに痛いほどだ。家に帰ろうと言おうかと思ったけど、妹があまりにも楽しみにしているので、言い出しづらかった。ちょっと雰囲気のいい飲み屋って、これだから使えないんだよな。私もスマホを取り出してよさそうな店を探してみたけど、行く先行く先すべて満席だった。

「ハジョンはあっちのバーに行ってみて、お姉ちゃんはこっちを探すから」

結局、ハジョンと二手に分かれてそれぞれ店を探してから、席があったら電話をするこ

---

*11 日本の居酒屋をコンセプトとした店。

とにした。私が行った先は民俗酒場だった。かなり大きな店舗で、ここなら二人分の席くらい見つかるだろうと思った。でもいくら室内をぐるぐる回っても、席を埋め尽くした若者たちの大声が聞こえるだけで、私の期待は無残に裏切られた。こんなにまでして生きなきゃダメなの？　高すぎる人口密度にげんなりして、外に出た。ハジョンの方の状況を知ろうと電話をしてみたけど繋がらなかった。

ハジョンが向かったカクテルバーに行ってみたけどいなかった。

しかたなくふらふらと通りをさまよっていると、ふと知っている声が聞こえてきた。声がする方向を見ると、遠くからハジョンの姿が見えた。ところが、その横に正体不明の二人がうろついている。

近づいてみると、一人はサンタだった。大げさな灰色のひげをつけて、安物の不織布素材の赤い衣装を着た、おそらく二十代前半の男性と思しきサンタだ。その横には真っ赤なお鼻がピカピカどころか全体的に色あせてガビガビになった着ぐるみのトナカイがいた。

ハジョンに向かって私は聞いた。

「あんたここで何してるの？」

「この人たちがプレゼントをくれるっていうから」

「プレゼント？」

「ごきょうだいがいるんですね。シスターにもプレゼントを差し上げます」

サンタが持っていた大きな袋から、デコレーションされた箱を一つ取り出して私にさし出した。こちらが受け取らないように手を引っ込めたのに、グイグイ押しつけてくるので、プレゼントの箱は危なっかしいジェンガのように腕に乗せられた。

「明日は何の日かご存じですか？」

「クリスマス……？」

落ちそうな箱に視線を取られている隙に、サンタはハジョンに質問を投げかけた。

「正解！　それではクリスマスは何の日でしょうか？」

「イエス様の誕生日……？」

二人を無視して妹を連れて行こうとしているのに、ハジョンはサンタの質問にいちいち答えて座っていた。

「その通りです、イエス様がお生まれになった日です。しかしイエス様はどうなりましたか？　私たちのために十字架にかけられ犠牲になってしまいました。しかし、シスターたちはご存知でしょうか？　韓国に再臨イエスが誕生したという……」

向かい側に教会が見えた。この辺に巨大な規模のインチキ教会があると聞いたけど、どうやら近くまで来てしまったようだ。私は大きくため息をつくとハジョンの片腕を引っぱって離れようとした。だけど、彼らは簡単にハジョンを放す気がなさそうだ。

「最近うまくいかないことがありますよね？　学業がうまくいかず、人間関係に問題があって……」

「ハジョン、行くよ！」

二人は私を体で押しのけて背中でブロックすると、妹に顔を突きつけて攻撃的に話した。

「それはすべてご先祖様のお怒りのせいです。一度祭祀《さいし》を行えばすべての過ちが飛んでいきます」

「先祖をきちんとお祀《まつ》りしなくてはこの世の終末が近づきます。終末の日《ラグナロク》が来るのです」

トナカイまで加担した強引な勧誘に私はムカついて二人を振り払おうとしたけど、彼らは体をぴったりくっつけて動かなかった。

「ちょっと、いい加減にしなさいよ。中のヤツ、出てきて勝負だよ！」

怒りが爆発し、さっき無理やり受け取らされたプレゼントを地面にたたきつけて、肩にかけていたバッグの紐を片手で握ってぐるぐる回した。バッグはブーンと重い音を立てながらサンタの頭をかすめた。インチキ教徒たちは身をすくめてその場を離れ、私はその隙にハジョンを連れてあわてて逃げ出した。

「またお会いしましょう、シスター！」

遠くからサンタの声が聞こえてきた。口汚く罵りたい衝動をかろうじてこらえながら、振り返らずに速足で歩いた。教会とインチキ教徒が見えなくなった。

「ちょっと、ハジョン。そんなもん捨てなさい」

すると、ハジョンはサンタからもらったプレゼントの箱を指さして答えた。

「でも高そうなチョコレートだよ」

いつの間にかパッケージを開けてプレゼントの中身まで確認したみたいだ。あんな人たちを信じられるわけないでしょ、とっとと捨てなさい、と私は何度も言った。けど、チョコレートに目がないハジョンは、私の言葉を聞かずに自分のカバンに大事にしまいこんだ。好きにしたら！　もはや心配する気力もなく、黙ってずんずんと歩いた。おかしな人たちの相手をした五分間で五歳は老けたと思う。だから外に出たくなかったのに！　家に帰りたいという気持ちで頭がいっぱいになったときだ。

「お姉ちゃん、ラストに一軒だけ、あそこに行ってみようよ」

ハジョンが私の顔色を気にしながら、目の前にある建物を指さした。三階の小さな看板に「ワインバー」と書いてあった。本当に最後だからな。狐につままれたような気分で階段を上ってドアを開けた。期待していなかったけど、クリスマスに苦労した可憐な姉妹のためのプレゼントだったのだろうか。バーには奇跡的に席が二つ空いていた。

誰かに取られたら大変だ。小走りに駆け寄って席を取った。私の隣の席にはコートが置いてあって、誰かが今だけ席を外しているみたいだ。隣の席と距離が近くて狭いだけでなく、椅子も高くてリラックスできなかったが、文句を言える立場じゃなかった。リーズナブルなワイン二杯とつまみを注文して食べると、緊張していた体がほぐれた。やっと自分たちの居場所を見つけた気分だった。

「ところでお姉ちゃん、ちょっと聞いてもいい？」

「え？」

「今どこで働いてるの？」

「何よ、急に？」

「急じゃないよ。転職したことだけ聞かされて、どこなのか言ってくれないし、たまに会えるときはボロ雑巾になって帰ってくるし、今日は出勤もしてないじゃん。変なことしてないよね？」

いちばん避けたい話題だった。家族には一応転職したことを言っておいたけど、どんな会社でどんな仕事をしているのか具体的なことは何も言っていなかった。以前の職場よりはるかに規模が小さいところだったので、家族に心配させたくなかったし。それにうちの母親が敬虔なキリスト教徒なのも気にしていた。私が巫女《ムーダン》の下で働いているなんてことを知ったら、顔を見るたびに大げさな小言を浴びせてくるに違いない。だから、仕事の話が出ると私は口をつぐんで、なんとなく別の話題に方向転換をしてきた。それなのに、今日に限ってハジョンは執拗に聞いてくる。しかたない、結局、事実の一部だけを打ち明けた。

「ユーチューバーだよ。動画編集やコンテンツデザインをしてる」

「本当？　私、ユーチューブたくさん見てるけど。何系の？」

再び口をつぐんでしまう。恋人と別れさせる護符の作り方や、職場の上司が悪霊に取り憑かれたときの退治方法をアップロードしてるなんて言えなかった。できるだけ遠回しに表現するとしたら、何と言ったらいいのか……。

「ちょっとだけ……スピリチュアルな話もするかな。神秘的で、現実を超えるような……」

「まさかカルトとかじゃないよね？」

「違うよ」

「カルトだと思うんだけど？　もしかしてさっきみたいなインチキ宗教に引っかかってないよね、お姉ちゃん！」

「違うってば」

ハジョンが大げさに「インチキ宗教」「似非宗教」とはやし立てはじめた。ダメだ、話が通じない。

「どうでもいいよ、どうせもうすぐ辞表出すから」

「辞表って何？　辞めるってこと？」

とっさに口から飛び出した言葉だ。少し遅れて何と言ってごまかそうかと悩んでいると、すぐそばに人が座る気配を感じた。椅子にコートを置いてしばらく席を外していた客が戻ってきたようだ。と同時に聞こえた声。

「ハヨン？」

振り返りたくなかった。声を聞いた瞬間から、そこに誰がいるか直感したから。

「こんなとこで一緒になるなんてね」

隣の席を空けていたのは巫女姉《ムーダンオンニ》さんだった。

「えっ、どうしてここに？　仕事があるって言ってましたよね」

「仕事が終わったから一杯やりに来たのよ」

十軒の店で断られた末にやっと見つけたワインバーで、職場の上司に会う確率はどれくらいだろうか。せっかく時間ができた休日に、ふだんはあまり来ない繁華街で、よりによって隣の席に、それも辞表だとかなんとか話しているタイミングで。どこまで聞かれちゃったんだろう。辞める？　インチキ宗教？　どちらにしてもまずい。横目で巫女姉《ムーダンオンニ》さんの顔色をうかがった。特に機嫌が悪そうにも見えなかったが、元々表情に出さない人だ。聞こえたとしても、顔に出さないに決まってる。

「どなた？」

と、耳元でささやく声が聞こえた。びっくりしすぎて妹の存在を忘れていた。

「妹のキム・ハジョンです。ハジョン、こちらがうちの社長」

二人が互いに挨拶を交わすのを見て、問題に気がついた。まず、ハジョンに私の本当の仕事がバレる危険がある。実のところ、ハジョンはともかく、この子が知ったら母親の耳に入るのは時間の問題だ。私は民間信仰を毛嫌いする母親の小言に対処する自信がなかった。その一方で、ここまで家族に職場を隠してきたという事実を巫女姉《ムーダンオンニ》さんに知られるのも、よくなさそうだ。ムーダンと働いていることが恥ずかしくて隠していると思われるんじゃないか。一部事実ではあるけど、当事者にそれを知られることは考えただけでも申し訳ない。そして最後に、ハジョンが余計なことを言わないように注意しなければならなかった。例えばインチキ宗教とか、辞表を出すとか。自分の妹ながら、たまにバカな言動をするので警戒しなくては。

注意すべき地雷が多すぎて頭が爆発しそうだった。まず、二人の会話が成立しないように邪魔することが重要だ。少しだけ悩んで、作戦を決めた。

「社長、うちの姉は会社でどうですか？」

「仕事はちゃんとやってるよ」

「正確にはどんな仕事をやってるんでしょう？」

調子に乗って巫女姉《ムーダンオンニ》さんに質問を浴びせるハジョンの話をぶった切って、私は叫んだ。

「乾杯しましょう！」

「一杯やりましょう」

「姉に聞いたんですが、社長はユーチューブをされて……」

「実は、姉は会社を」

「乾杯しましょうか？」

「カルトについてどう思いますか？」

「おかわりもう一杯ください」

「神を信じますか」

「さあみんなで、チアーズ！」

話す暇を与えずにとにかく乾杯作戦だ。悪くない作戦だった。酒に強くないハジョンはすぐに酔いつぶれた。だけど、深刻な副作用があった。このペースで乾杯を続けたら、こちらまでヘロヘロに酔っぱらってしまう。二時間も経たずに、私たちは結局店をでることになった。

「ワイン代も払っていただいて、恐縮です。社長、サランヘヨ《愛してます》！」

何をしゃべっているのかもわからないまま、とりあえず巫女姉《ムーダンオンニ》さんに挨拶をして別れた。

酔い覚ましに、夜の街を歩いた。酒の勢いなのか、一度はあんなに緊張したのに、そんなものはすべて蒸発してウキウキしてきた。ハジョンと肩を組んで歩き回っては、冷たい空気を感じた。

「お姉ちゃん、あれ撮ろう」

ハジョンが指さした先には即席写真のスタジオがあって、私たちは何も考えないで走って行った。中に入ると壁には様々なカチューシャや帽子、衣装などが並んでいた。いくつか手に取って悩んだ末に、ハジョンは耳まで覆うトナカイの帽子と赤いマントを、私はサメが頭に噛みついている帽子を選んだ。いつもと違う浮かれた姿に、お互いにゲラゲラ笑いながらスマホで写真を撮りまくった。そうやってしばらく楽しんでから、写真を撮るブースに入ったとき、ハジョンの顔色が変わった。

「ちょっと待って、気持ち悪い……」

そう言ったきり、ハジョンはスタジオを飛び出した。外に出ると、近くの公園の公衆トイレに向かって走っていく彼女の後ろ姿が見えた。中に入るとすぐ、トイレのドア越しにオエッ、オエッとえづく音が聞こえてきた。何度も何度もえづいて、胃液と唾液が混ざってポタポタと水に落ちる音だけが聞こえる。

「吐きたいのに出てこない」

「背中さすろうか？」

「ううん、大丈夫」

オエッ、ウウッ。またえづきはじめた。そばにいてあげようと思ったけど、こちらまでつられて吐き気がしてきたので、ひとまず公衆トイレの外に出た。薬を買ってきたほうがいいかな。でも、この時間に開いている薬局なんてない。

「ああ、死ぬかと思った」

スマホで近くの救急病院を探していると、後ろからハジョンの声が聞こえた。振り返ると、ハジョンがトイレから外に出て、水気のついた手を払っていた。吐こうとして死にそうになっていたさっきの姿とは別人で、ケロッとしている。しかも目は爛々《らんらん》と輝いている。

「大丈夫？」

「うん、それよりお姉ちゃん、私、お腹すいた」

周りを見回したハジョンは、軽食を売っている屋台をみつけると、そこにとんで行った。

急いで追いかけると、妹はすでに両手で串に刺した練り物を持ってガツガツと食べていた。あっという間に大きな練り物を五個吸い込むように流し込むと、目の前の天ぷらまで手づかみで食べ始めた。四つ、五つ……暴走するように食べるハジョンを見て、私は何か尋常ではないと気づいた。急いで屋台の支払いを済ますと、ハジョンの腕をつかんで大通りに出た。

「どうしたの？　突然こんなに爆食するなんて」

「わかんないけど、すごくお腹すいた」

「とりあえず酔いを覚まそう。コンビニで何か買ってくるから、ここで待ってて」

私はすぐ近くにあるコンビニに入って二日酔いに効く飲み物をいくつか買うと、袋に入れて出てきた。だけど、待っていろと言ったところにハジョンはいない。私は心配でいっぱいになってハジョンの名前を呼びながら探し回った。まもなく道の向かい側の果物を売るトラックの横に見慣れたシルエットが見えたので、あわてて駆け寄った。

「ねえ、ちょっと。動くなって言ったでしょ」

ハジョンは目もくれずに、黒いビニール袋に頭を突っ込んでいた。よく見ると何かを食べている。忙し気に手を動かして、食べ物を口に入れては、噛んで飲み込んでいる。餓鬼に取り憑かれたようなあわてた手つきだ。

私が呆然と見つめていると、ハジョンはようやく気づいたのか、顔を上げた。

「ごめん、でもすごく食べたくて」

笑いながら舌鼓を打つハジョンの口の周りにベッタリとついた赤い汁が、テラテラと光っている。口を開けるたびに鳥肌が立つほど甘い香りが漂う。

「袋の中身は何なの？」

妹は黒いビニール袋をさっと差し出した。中にはイチゴが入っていた。私が言葉を失ってぼんやりと見ていると、ハジョンはまたイチゴをガツガツ食べはじめた。

「食べちゃダメ！」

でも、妹には私の話がまったく聞こえないみたいだ。何日も食べていなかった人のように、手も口も果汁でベタベタにして食べている姿が、まるで獣かゾンビみたいだ。

「食べちゃダメだってば！」

見かねた私が手首をつかんだとき、ハジョンの喉はゼイゼイと音をたてて、すぐに咳きこみはじめた。息が苦しいのかハアハア言いながら首を引っかいた。

「何これ。喉がかゆくて死にそう！」

「アレルギーに決まってるでしょ！」

そう。ハジョンにはイチゴアレルギーがあった。子どものころ、イチゴを食べてひどく体調を崩したことがあって、それからというものイチゴなんて手にしたこともなかった。だけど、いくら酔っぱらっていても、死ぬかもしれないアレルギーのある物を食べるなんてありえる？　それもあんなに大量に？

すぐにハジョンは今にも死にそうな形相で首を両手でつかむと、ひどい咳を繰り返しはじめた。すでに手と口の周りには発疹が出ていた。今からでも救急病院に行かなくては。通りがかりのタクシーを拾おうと私が手を挙げた瞬間、普段とは別人のようなハジョンの声がした。

「あああ、死にそうだ」

と同時に、ハジョンの顔が変わった。気泡が立つように顔のあちこちに瘤が膨れ上がり、まもなく顔全体が黒紫色になった。同時に目は血走って、赤く輝いている。

「ハジョン、あんたは……！」

あまりにも見慣れた、化け物の姿だった。手が震えた。こんなシーンは夢ですら見たことがなかった。夢にしたって最悪なのに、それが現実に起きるなんて。ハジョンの体に入った悪霊は私を見て笑っていた。そして私にむかって走ってくる。

とっさに体を横にそらした。ハジョンはスピードを持て余し、私の後ろにあった電柱に体をぶつけて倒れた。走らなくちゃ。逃げなくちゃ！　そんな考えでいっぱいだった。

＊＊＊

路地を抜けて、人ごみの中に身を隠した。深夜にもかかわらず、街は依然として人でにぎわっていたので、人ごみに混ざるのは簡単だった。クリスマスイベントが行われているのか、音楽と歓声でかなり騒がしかった。振り返ると遠くにハジョンの頭が見えた。キョロキョロしながら、私を探している。目が合わないうちに人ごみから抜け出すと、ビルの間の狭い路地に身を隠して巫女姉《ムーダンオンニ》さんに電話をかけた。呼び出し音が繰り返されて、焦りが募る。「もしもし」と聞こえた瞬間に、私は高速ラップのように一気に話した。

「ハジョンが悪霊に取り憑かれているんです。ここがどこかというと……」

巫女姉《ムーダンオンニ》さんは、すぐに行くから妹を見失わないように、と言って電話を切った。どうすればいいのか。人ごみに埋もれたままでは、ハジョンの位置を把握しきれない。どこかから安全に見守ることができたらいいんだけど。周りをぐるりと見回すと、クリスマスイベントが行われている小さな舞台があった。街の片隅に高くそびえるその周辺にはテントが張ってあるので、身を隠して寒さを避けるのにもよさそうだ。駆けつけてテントの後ろに隠れた。さっきコンビニで買った二日酔い解消ドリンクを飲みながら、キョロキョロとハジョンを探した。幸い、少し離れたところにトナカイの被り物が見えた。巫女姉《ムーダンオンニ》さんが来るまでせめて監視だけでもしっかりしよう。目玉が落ちそうなほど集中してハジョンを目で追っていると、誰かが私の肩をポンポンと叩いた。

「次の方。早く出てください」

「はい?」

答える暇もなく腕をつかまれ、舞台に押し上げられた。そうやって引っ張り出された先は明るい照明に照らされたステージで、その下に集まった人たちは期待に目を輝かせて私を見上げていた。

「今回の参加者の方は衣装まで身につけてくださってますね。サメのご家族ですか?」

マイクを持った男に話を振られて、頭をブンブンふって否定した。言われてみると即席写真スタジオで借りたサメの帽子をかぶったままだった。どうりで頭だけは暖かかったたな。

「何の歌を聞かせてくださるんでしょう?」

「あの、誤解です。間違ってステージに上がってしまって……」

「緊張されているようですが、早くいきましょうか? 音楽、お願いします」

男の合図とともに、スピーカーから伴奏が流れはじめた。この状況で歌えだって? 一刻も早くハジョンを捕まえなくちゃいけない状況で? 私の気持ちなど知るよしもない司会者は、しきりに私にマイクを握らせようとした。私は手をバタバタさせて、進行役は歌えと言い、観客は応援でもするかのように歓声を上げている。私と司会者の噛み合わない言い合いが続く中、バラード風の伴奏だけが呑気に流れている。

「ああっもう！　歌わないって言ってるでしょ！」

男が私の口の近くに突きつけたマイクのおかげで私の声がハウリングして、伴奏が止まった。祭りの浮かれた雰囲気は急速冷却されて、静寂だけが流れる中で、少し遅れて赤ちゃんの泣き声だけが響いた。私は一瞬にして百人余りの浮かれたホリデー気分をぶち壊した厚顔無恥な人間になってしまったが、その中でも私は別のことを気にしていた。

観衆の後ろから誰かが人ごみをかき分けて突進してきた。ハジョンだ。私の声で気づかれたらしい。だから、歌わないって言ったじゃん！

私の心など知るはずもないハジョンは、一瞬にしてステージ上に跳び上がり、じりじりと私との距離を詰めてきた。私は後ずさりをして、床にある音響機器のコードに引っかかって尻もちをついた。その隙を狙ってハジョンが飛びかかってきた。

その瞬間、自分らしくない瞬発力を発揮して横に転がってハジョンをかわした。そしてぱっと立ち上がるとステージの下に跳び降りた。観客は私にびびって海割れのように真ん中から両側に分かれた。私はその間を走って逃げた。ハジョンは私を追いかけてきた。

人々のざわめき、彼らを落ち着かせようとする司会者のうるさいコメント。耳が詰まって、頭がくらくらした。ハジョンがどこにいるのか確かめようと、ちょっと後ろを振り返ってみた瞬間、動かずに私の前方に突っ立っていた人と正面衝突して倒れてしまった。そのまま、しゃがんでジンジンする頭を抱えていると、目の前にすっと現れた手が私の胸ぐらをつかんで地面にたたきつけた。ハジョンだった。ハジョンは両足で私を挟み込むと、上体をかがめて首を絞めようと両手を伸ばしてくる。

このまま死んじゃうんだな、悪霊に取り憑かれた妹の手で。あきらめて目を閉じた。でも、しばらく何の音も聞こえず、奇声とともに大きな衝突音がとどろいた。目を開けてみると、横に大の字で倒れているハジョンの上に巫女姉さん《ムーダンオンニ》が覆いかぶさっていた。しばらく取っ組み合いをしていたが、巫女姉さん《ムーダンオンニ》の顔を確認したハジョンは、あっという間に体を引き抜いて街の人ごみの中に逃げこんでしまった。

「私たちも行こう」

巫女姉さん《ムーダンオンニ》が私の腕をひっぱって体を起こした。私たちはハジョンが走って消えた方向を追った。

「あんたの妹、見える?」

「ぜんぜん見えません」

しばらく探してみたけど、行き交う人の中にハジョンはいなかった。路地裏の隅々まで見て回り、大通りに出て一人一人の顔を確認したけど、いなかった。すでに疲れはてているうえに、途方に暮れる状況まで続いて、もう一歩を踏み出す力もなかった。人の目を気にせず、私は道端の店の前の階段に座り込んだ。うなだれて身をかがめていると頭の中は暗い考えでいっぱいになってしまった。

「このままいなくなったらどうしよう？　永遠に会えなくなったら」

小さな声でつぶやくと、巫女姉《ムーダンオンニ》さんが近づいてきた。

「あの状態で事故でも起こしたらどうするんですか？　誰かを殺しちゃったら？　うろうろしているうちに車にひかれたりしたら……？　私がちゃんと見ていてあげなくちゃいけなかったのに。何か工夫して、近くで見守るべきだったのに……」

酔いも残っていたので、涙が込みあげてきた。私はかぶっていた帽子を脱いで、そこに顔を埋めた。

「すぐ見つかるよ」

と言いながら巫女姉《ムーダンオンニ》さんは私の隣にどっかりと座った。

「事故を起こす前に捕まえよう。すぐに」

「……どうやって？」

顔を上げて巫女姉《ムーダンオンニ》さんの顔を見る。いつもと変わらない、動揺を見せないすました表情だった。

「妹の写真、撮ったのある？　今日の服装で」

「一応ありますけど」

私が写真を転送すると、巫女姉《ムーダンオンニ》さんはしばらく自分のスマホに向かって何かを打ち込んでいる。いつの間にか涙は止まっていたけど、私はわけもわからずに鼻水をすすって待っているだけ。少しして巫女姉《ムーダンオンニ》さんがスマホの画面を見せてくれた。

〈クリスマス記念サプライズイベント〉
このトナカイを見つけて位置情報を提供してください！
見つけた方には巫女姉《ムーダンオンニ》さんからのスペシャルプレゼントがあります。

巫女姉《ムーダンオンニ》さんの公式SNSアカウントだった。顔は見えない角度で帽子とマントだけが写ったハジョンの写真がついていた。

「これをアップするんですか？」

「人を使えばいいんだよ」

ハジョンをさらすことになるので心配が先に立ったが、巫女姉《ムーダンオンニ》さんの言葉が正しいのかもしれない。二人でこの広い街をかき分けて歩くより、数十万人の巫女姉《ムーダンオンニ》さんのフォロワー、そしてフォロワーのフォロワーがハジョンを探した方がはるかに効率的だろうから。

私がうなずくと、巫女姉《ムーダンオンニ》さんは公開ボタンをタッチした。ポストはあっという間に広まった。私は焦る気持ちを押し殺して、誰かが送ってくれるだろう情報提供を待った。十分ほど経っただろうか、新着メッセージの通知が来た。路上の屋台で何かを食べている妹の後ろ姿だった。私たちはメッセージに書かれた位置に向かって走った。

遠くない距離に位置する屋台の密集区域だ。ハジョンはそこにいた。ガツガツとトッポギを口に詰め込んでいた。悪霊のヤツときたら、人の体とお金で、なんであんなに食べてるんだ。怒りがこみ上げた。私は息を殺して一歩ずつ近寄った。だけど、悲しいかな、走るのがあまりにも久しぶりで、抑えきれない荒い息が鼻からシューシューと醜い音を立てていた。普段から運動しておけばよかった。後悔先に立たず。すでにハジョンは振り返ってこちらを見ている。

目が合った。どちらが先ということもなく一人は逃げ、一人は後を追いかけた。手を伸ばせば届きそうなところまで巫女姉《ムーダンオンニ》さんが距離を縮めたとき、ハジョンは方向を変えて青信号が残り一秒と表示された横断歩道を横切った。すぐに信号が変わり、車のクラクションが飛び交ったけど、止まらずに道路を渡り切ってしまった。私は妹の体を危険にさらす悪霊の行動に腹が立って、その後ろ姿に大声で呼びかけた。

「逃げるなら安全に逃げてよ!」

私たちは横断歩道を間に挟んで、遠ざかるハジョンの後ろ姿を見守った。無力感に襲われた。

「また逃げられちゃいました……」

ガックリして横断歩道前の車止めに寄りかかるようにしゃがみこんだ。絶望で胸が押しつぶされる。ハジョンのバッドエンドが脳裏に浮かんで離れない。

「ずっとしゃがみこんでいるつもり? 捕まえに行かなきゃ」

巫女姉《ムーダンオンニ》さんが私の腕を引っ張って立たせた。気がつくと、すでに信号は青になっていた。私はまた歩きだした。

位置情報を教えてもらっても近くに行くと、ハジョンはあきれるほど敏感に私たちに気づいて逃げてしまう。この繰り返し。失敗が度重なると私たちは次第に疲れてきた。私はもう、とっくに絞った古雑巾みたいにボロボロで、巫女姉《ムーダンオンニ》さんは私よりは元気だったけど、さすがに疲れを隠しきれなかった。

「どこに向かっているかわかった」

巫女姉《ムーダンオンニ》さんが言った。確かに位置情報を見ているとハジョンの逃走経路が見えた。駅前の屋台街から公園の方へ、そしてまた教会の方へ向かっていた。まもなく写真がもう一枚届いた。よし、これで最後だ。そう思って、また動き出した。

＊＊＊

情報提供を受けた所に行って探していると、とうとうハジョンを見つけた。屋台でマスカットのタンフルを両手いっぱいに何本も持って食べていた。さっき着替えたばかりの私は、通行人のようにさりげなくハジョンに近づいた。巫女姉《ムーダンオンニ》さんもゆっくり歩いてハジョンのそばに立った。ハジョンはタンフルをモグモグしながらまわりを見ているだけで、逃げ出す様子はない。私たちは目配せをすると両方から挟み撃ちにしてハジョンの腕をつかんだ。手にしていたタンフルが地面に落ちて、ハジョンはギクリとして私たちの顔を見た。

今回はハジョンに気づかれない理由があった。巫女姉《ムーダンオンニ》さんはサンタ、私はトナカイの格好をしていたからだ。ハジョンが私たちを敏感に察知して、そのたびに逃げられたので、バレずに近づく方法を考えた。彼女が教会の方角に向かっていることに気がついて、真っ先に思い浮かんだのが数時間前に出くわしたインチキ教徒たちだった。そのことを巫女姉《ムーダンオンニ》さんに話して、まず彼らを訪ねて衣装を借りた。当然、相手の同意もまともに取らずに服を脱がせたが、彼らも私の時間をむだに奪ったことがあるから、お互い様だ。

ようやくハジョンをつかまえてみると、問題はあっという間に解決した。巫女姉《ムーダンオンニ》さんはハジョンを押し倒して、護符を口に入れた。あちらにグラリ、こちらにグラリともがいていたハジョンの体は、すぐに動きを止めてぐったりと伸びてしまった。

周りには、不審そうにこちらを見ている人が多かった。流動人口の多い街だ。通報されるのを恐れて、私は二人を隠すように前に立った。注意を逸らさなくちゃ、と考えた。

「逃げ出したトナカイをサンタが捕まえましたー、拍手！」

誰も拍手をしなかった。通行人の目つきは白けていた。冷たい空気に首を絞められて窒息しそうになった瞬間、下の方から拍手が聞こえた。目をやると、女の子がしゃがんだまま興味深そうに拍手をしていた。

「メリークリスマス！」

気分が良くなって「メリークリスマス」を連呼しながらぐるぐる歩き回った。相変わらず、リアクションはない。通行人たちは興味を失くして、忙しそうに行きかけていた道を進んで行った。疲労困憊のクリスマスイブの夜は終わりつつあった。

＊＊＊

アレルギーが気になって、私は気絶したハジョンを連れて救急病院に向かった。巫女姉《ムーダンオンニ》さんが手伝ってくれると言ってついてきた。最初は断ったが、実は心の中で安堵のため息をついていた。今の私一人の体力では意識のないハジョンを運ぶのはムリだったから。

応急室のベッドにハジョンを寝かせると、一気に安堵感が押し寄せてきた。やっと終わった、永遠に覚めないかと思っていたクリスマスの悪夢が。

「じゃ、私はこれで」

巫女姉《ムーダンオンニ》さんの言葉に私は立ち上がった。必ず伝えなければならない言葉があった。

「今日は本当にありがとうございました。どう言えばいいのかわからないけど、本当に……」

「わかるよ。クリスマスは楽しく過ごして。また来週ね」

普段はめったに言わない言葉を口にしようとして、私がしどろもどろになっていると、巫女姉《ムーダンオンニ》さんはそう言い残して行ってしまった。私は遠ざかる後ろ姿を見て考えた。あの人と、もう少し一緒に働きたいな、と。

digression 3 巫女《ムーダン》のクリスマス

朝だ。スマホが大音量でアラームを鳴らす。ミョンイルは手を伸ばしてアラームを切ると、二度寝をしようかとちょっとだけ悩む。昨夜は遅くまで悪霊退治をしてから帰宅したので、疲れが体のあちこちに残っている。そう考えるのもしばしのことで、手のひらで顔をゴシゴシとこすると体を起こした。

さっとシャワーを済ませてジャージに着替えると、川辺を走りはじめた。十年以上繰り返してきた、習慣からくる行動だ。心臓がはじけそうになるまで走るのも、息が切れて呼吸が苦しくなるのも、その瞬間を耐えてしまえばくらくらする快感がやってくることも今では慣れている。そうやって一時間のダッシュを終えてスピードを落とす。すぐに痺れるように冷たい風が吹いてきて額を流れる汗を冷やす。こんな一瞬を味わうためにどんなに辛くても走り続けているんだろうな、とミョンイルは考えながら散策路を抜けて家に向かった。

帰り道ではカフェの主人がウンウン言いながらツリーを店の前に出すのが見えた。豆電球に灯りがつくのを見て、今さらだが今日はクリスマスだと気づいた。昨夜がクリスマスイブだったから当然のことだが、だんだん日付の感覚がなくなってきた。そういえば昨夜は生まれて初めてサンタのコスプレもしたな。考えは自然と昨夜の出来事へと向かっていく。

ワインバーでハヨンにはち合わせたときには驚いた。繁華街からもかなり離れた店で、しかも隣の席にいるなんて。ミョンイルは酒好きというわけではないが、たまにいいことがあったり、逆に悪いことがあったりすると一、二杯飲みたい気分になる。昨夜もそんな夜だった。だから久しぶりにバーに行ってゆっくりと一杯を味わっていた。それと同じ時間をかけてハヨンが次々に六、七杯のグラスを空っぽにしていくのを見て、表情には出さなかったが面食らってしまった。普段も、昨日の悪霊退治でも体力はあまりなさそうなのに、酒の飲み方もひどすぎる。やっぱりハヨンには運動させるのがよさそうだ。

ハヨンのことを考えてしまう。実のところ、わざわざスタッフを置く必要はなかった。ムーダンの仕事やらユーチューブやらで忙しいことは忙しいが、もともと一人でできていたし、どうにも時間が足りないのなら仕事量を調節すればいい。しかし、理由があるのだ。ミョンイルを強く導く理由が一つだけ。

ミョンイルは初めてハヨンがやってきたときのことを思い出した。上司が以前とは別人のようだと掲示板に書きこんだハヨンを、コメントで誘って占いの館まで呼び出したあのとき、もともとは適当に料金を払わせて一人で悪霊退治をして終わりにするつもりだった。しかし、ハヨンが経験したことを聞き、好奇心が湧いてしまった。一般人が隣室の騒音を何とかしようと護符を書いて、武器も防具もなく悪霊と対峙して生き残るとは。

それでハヨンの上司に取り憑いた悪霊を捕まえるとき、あえていくつかミッションをやらせてみた。食べ物を食べさせるようにしたり、木の枝で殴らせたり。そもそもそれだけで悪霊退治ができるわけでもなかったので、ただハヨンがどんな行動するのか見てみたいという気まぐれだった。そして上司を公園に呼び出して悪霊退治をした決戦の日、ミョンイルははっきりと悟ったのだった。

このハヨンという人は……面白いってことを。

普段は気弱に見えるが、一度爆発すれば予測不能で奇想天外な行動をして、大変な仕事を任せれば嫌そうな顔をしながらもやりすぎなほど、夢中になって熱心にやり抜く。

特に悪霊退治のときにはちびりそうに怖がりながらも、何としてでも退治しようと駆け回る姿がとにかく面白くて、隣にいてくれたら退屈しないのは確実だ。そして出会う前に書いていたでたらめな護符が功を奏したところを見ると、なにやら神妙な才能があるような気もするし。まあ、このあたりがハヨンを連れてきた理由だ。

いつの間にか家に近づいた。まだ早い時間だが、通りに人出が増えてきた。母親の手を引っ張って見るからにウキウキと小走りする子ども。ミョンイルはそちらに視線を向けたまま、昨日耳に入った言葉を思い出した。そして考えた。

つまり、ハヨンを辞めさせてはダメだ、と。

episode

7

アスリート大願成就の護符

ぐるりと家の中を見回した。大理石の床、川のある風景が見える大きな窓、家具はすべて有名デザイナーのブランドものだ。誰が見ても「金持ちの家」と言える絶景だ。

「具合が悪いのよ」

巫女姉《ムーダンオンニ》さんに話しかけているこの中年女性は有名ファッション企業「ヤング・ジェニス」の社長だ。ヤング・ジェニスは小さな輸入カバン販売店として始まり、二〇一〇年頃にはじめた自社ブランドが独特のセンスで十代に大きくヒットしてから、攻撃的なほどの事業拡張を経て今の大企業にまで成長した。成長過程で小企業のファッションアイテムを微妙にパクっているという疑惑が何度も噂になったけど、このところ最も注目を集めているファッションブランドだし、企業の成長に社長の役割が大きかったことは誰も否定できないだろう。

「病院では問題ないって言われたけど、そんなはずがないわ。私にはわかるの、あまり眠れていないし、顔色も良くないし」

「スポーツをしているそうですね？」

「ええ、ボクシングを」

その横でぼーっとしている若者は、ヤング・ジェニス社長の娘で、私たちがここに呼ばれた原因、チャン・ハンナだ。S体育高校に在学中のボクシング選手。女子高校生の部で圧倒的な実力を持ち、全国大会で何度も金メダルを獲得し、怪物《モンスター》と言われる有望株だった。

「あんな頭の悪そうなスポーツをさせる気はなかったんです」

歯に衣着せぬ言葉に一瞬面食らった私をよそ目に、当の社長は続けた。

「そう思いません？　人をぶん殴るスポーツだなんて。私みたいに文系に進んで経営を学ぶか、芸術・体育コースに進むとしても、せめて舞踊なら格好がつくのに」

周りを見渡しても巫女姉《ムーダンオンニ》さんは無表情で、ハンナはスマホをいじっているだけ。こんな嫌味はもう聞き慣れているみたいだ。

「もうすぐ大事な試合があるんですけど、ちゃんとできるのかしら。成果が出せないなら、今からでも勉強に集中してもらわないと」

「私は大丈夫だってば」

「何が大丈夫なの！」

社長の逆ギレに圧倒されたハンナは横を向いて声に出さずにブツブツと口を動かした。

一触即発の母娘の対立を見守っていた巫女姉《ムーダンオンニ》さんは、いきなり立ち上がってハンナに近づいた。

「私が一度様子を見てみますね」

そして片手でハンナの顎をつかんだ。いきなりつかまれたハンナは眉をひそめたが、巫女姉《ムーダンオンニ》さんは気にしなかった。顔をあちこちにむけてみたり、まぶたをひっくり返したり、口を大きく開けさせてその中を見たりもした。

「どうでしょう？」

「これは、危ないかもしれませんね」

巫女姉《ムーダンオンニ》さんは眉をひそめたまま目を閉じ、口でスーッと息をはいてから言った。

「悪い気を感じます」

社長の顔色がたちまち暗くなった。

「どこが悪いんですか」

「ちょっと待ってください」

巫女姉《ムーダンオンニ》さんは静かにしてくれとばかりに口の前に指を立てた。それから突然立ち上がってリビングをぐるぐると歩き回った。みんなの緊張感が漂うなかで数分が過ぎた。

巫女姉《ムーダンオンニ》さんが口を開いた。

「このお宅に護符がありますよね？　それも一つじゃない」

社長は図星を指された表情で返事ができずにいる。答えを聞くための質問ではないと言いたげに、巫女姉《ムーダンオンニ》さんはリビングの壁にかかっている額縁の前で止まった。それから額縁を壁から外すと裏返して、そこに貼ってあった赤い封筒を一つはがした。

「ここに一つ」

続いて玄関の方へ歩いて行くと、別の封筒を一つ持って帰ってきた。

「ここにも一つ」

と言うと、巫女姉《ムーダンオンニ》さんは社長に近づいて言った。

「ほかの部屋にもそれぞれありますよね。社長がいつも持っているバッグの中にも」

「どうしてそれを……?」

「同じ人が書いたものではなく、それぞれ違う巫女《ムーダン》から授かったものですね」

「そうです」

「ダメです、絶対に」

そう言うと、巫女姉《ムーダンオンニ》さんは深いため息をついた。社長はそわそわと手を動かして不安そうな様子だ。

「複数のムーダンから護符を授かると、その中に邪悪なものが混ざって入ってくることがあります。悪い気を放つものが隠れていることもあるのです。そんなときには、家族の中で、特に弱い気を持つ子どもに影響が出やすいんです。そんな護符はすぐに片づけなくてはいけません」

叱りつけるようなきつい言い方だ。さっきまでの自信に満ちた態度はどこへ行ったのか、社長は子どものように素直に巫女姉《ムーダンオンニ》さんについて家のあちこちを回った。すぐに巫女姉《ムーダンオンニ》さんが封筒を両腕一杯に抱えて戻ってきた。その隣にいた社長が不安気な表情で尋ねる。

「急に全部剥がしてしまって大丈夫なんですか？　その中にいい護符もあるはずですよね」

「ですから、すべて出所がはっきりしている護符に代えるのです。今すぐお書きしましょうか？」

巫女姉《ムーダンオンニ》さんはバッグを手に社長と一緒にある部屋に入ってしまった。リビングは嵐が通ったあとみたいにシーンとした。このために護符探しのショーを繰り広げたのか！　私には毎度ながら衝撃的でぼんやりしてしまった。そのとき、社長の娘であるハンナと目が合った。その子は訝しそうな目で私を見ていた。

かなり年下だったが、私より体も大きくて殺伐とした印象でなんとなく気が引けた。窓の外に目を向けたり、わざと知らないふりをしたりしていたが、私から視線が離れない。

「あのー」

と、私を呼ぶ声が聞こえたので、平静を装って振り返った。

「うん？」

「あの人ただの巫女《ムーダン》ですか？　見たことある顔なんだけど」

巫女姉《ムーダンオンニ》さんが入った部屋を指差してハンナが尋ねた。私はユーチューブもやっていると説明した。十代の子だから興味を持ってくれるだろうと思ったが、ハンナは関心がないようでぶっきらぼうな顔をしていた。

「じゃあ、あなたは何ですか？」

「何って？」

「ずっと座っているだけで、ムーダンには見えないけど、何をしている人ですか？」

予期せぬ質問に混乱した。言われてみれば私は何をする人だろう？　デザイナーだと明かしたところで、デザイナーがなぜムーダンに同行するのかと疑わるのだろう。返事をためらっていると、ハンナが退屈そうな目つきで私に圧をかけてきた。何か答えなくちゃ、と頭を回転させた。

「私は……巫女《ムーダン》のパシリというか？」

「パシリ？」

一瞬、静寂が流れた。あまりに大人らしくない言葉使いだったかな？　羞恥心で顔が熱くなりそうな瞬間、涼し気な笑い声が聞こえた。

「受けるー、巫女《ムーダン》のパシリなんて初めて」

パシリという答えで私に興味が湧いたのか、ハンナはあれこれ聞いてきた。名前は何か、普段はどんな仕事をしているのか、元々はどんな職業だったのか、などなど。好奇心旺盛な高校生に国勢調査なみの質問をされて、かえって気力を奪われた私は、早く巫女姉《ムーダンオンニ》さんが戻ってきますように、と願うばかり。

「それではまた。何週間かは様子を見る必要がありそうです」

数分後、巫女姉《ムーダンオンニ》さんが部屋から出てきて、やっとハンナから解放された。

「全面的に信じてお任せしますので、うちのハンナをよろしくお願いします」

巫女姉《ムーダンオンニ》さんはあちらの部屋でハンナの体調を見ながら改善させるという契約を結んだようだ。こういう仕事で占いの館を運営しているのか！　と、心の中で感心しながら、私は巫女姉《ムーダンオンニ》さんと社長の家を後にした。

＊＊＊

「最近体の調子はどう？」

「変わりないですよ」

一週間後、繁華街のカフェ。社長との契約の一環としてハンナに会って定期的に状態をチェックするため会いに行った。家にいたくないと言い張るのでカフェで会ったが、ハンナは飲み物をすするばかりで、質問には答えるような答えないような、曖昧な態度だ。

「ボクシングのほうはうまくいってるの？」

「それも同じです」

「悪夢を見るとか、体調が悪い日はないの？」

「ありません。友達が来たいって言ってるんですけど、呼んでもいいですか？」

「ダメよ」

「もう来てるって」

ハンナはあっけらかんと言った。巫女姉《ムーダンオンニ》さんは会話するのをあきらめると、椅子に体をもたせてため息をついた。五分も経たないうちにカフェのドアが開き、にぎやかな声が聞こえてきた。カフェの中にいる客たちの視線が入り口に集中した。ハンナと同じジャージ姿の女子高生たちがどっと入ってきていた。それも八人も。

私がびっくりして見ていると、彼女たちはハンナを発見したのか、こちらに素早く近づいてくる。それからテーブルの前に立ち、ハンナとひとしきり楽しそうに悪口交じりの挨拶をした。まるで私たち二人が見えないかのように。

「この人たち、誰？」

グループの一人が聞いてきた。ハンナが答えようとして口を開くと、一番前にいた子がサッと口をはさんだ。

「巫女《ムーダン》なのにユーチューバーなんだって。名前は巫女姉《ムーダンオンニ》さん。隣の人はパシリだって」

理路整然とした説明を聞いて、ほかの子たちがざわめいた。何人かはスマホを取り出して検索しているみたいだ。そして、動画を再生させ、画面の中の人と実物を交互に比較して、同一人物だと確認すると、大声を上げて寄ってきた。

「本物のユーチューバーだ！」

「すごいチャンネル登録者数！」

「写真を撮ってもいいですか？」

「ユーチューバーのケンケンって、知ってますか？」

「ツーショット写真いいですか？」

あまりの騒ぎにカフェのスタッフまで出てきたけど、コントロール不能だった。私は何とかしてよ、という表情で、向かい側にいるハンナに懇願する視線を向けたけど、ハンナは関係ありませーんとばかりにスマホを眺めているだけだ。ほかの子たちは、とうとう団体写真を撮るのだと言って、巫女姉《ムーダンオンニ》さんの周りに集まってきた。巫女姉《ムーダンオンニ》さんは抜け出そうとしたが包囲されて身動きが取れない。さらに寄ってくる女子高校生にバランスを崩して椅子が後ろに倒れてしまった。彼女らがたじろいでちょっと下がった隙を狙って巫女姉《ムーダンオンニ》さんと私はあわてて荷物を持って外に逃げた。でも、彼女らは一度狙った獲物を逃すものかと肉食動物のように車に乗るところまで追いかけてくる。

「早く出発してくださいよ！」

「私も早く行きたいよ」

巫女姉《ムーダンオンニ》さんがエンジンをかけた。悪霊を追い払うときより焦った手つきだ。しかし、今日はエンジンがかかりにくく、彼女たちは次第に迫ってくる。

「よし！」

なんとかエンジンがかかって急いで駐車場を抜け出したが、道が狭くて速度を上げることができない。不幸にも学生たちはその間に私たちに追いつき、車をぐるりと囲んだ。窓をペチペチと叩く音が四方から聞こえた。前にも横にもくっついて動物園のサルを見物するように私たちを眺めていた。私は彼女たちと目を合わせるのが怖くて下を向き、訳もなくバッグをいじった。あまりにも緊張したせいだろうか。バッグの角がボタンに当たってしまって、コンパーチブルの屋根が開きはじめた。同時に四方からキャーッと歓声が沸き起こった。

「何やってんの、早く閉めて」

「ちょっと待ってください、これですか？」

中央のボタンを押した。今度は窓が開いてしまった。女子高生たちは大声で叫びながら車にぴったりとついてきた。

「車、めちゃカッコいいじゃん」

「金持ちだ、金持ち！」

「巫女姉《ムーダンオンニ》さんはお金持ちですか？」

「カープアじゃない？」

「巫女姉《ムーダンオンニ》さん、車だけにお金かけてるんですか？」

大声を上げる子、後部座席に乗り込もうとする子、前に立ちはだかって車を止める子。気絶しそうだった。パニック状態に陥る芸能人の気持ちが十分理解できた。横を見ると、巫女姉《ムーダンオンニ》さんの様子もあまり穏やかじゃなかった。どんな大物政治家でも、大企業の社長でも顔色一つ変えない巫女姉《ムーダンオンニ》さんが、今回ばかりは今にも爆発しそうだった。

「とっととどきなさい！　このクソガキども！」

ブチ切れた巫女姉《ムーダンオンニ》さんがライオンのように叫んだ。前を塞いでいた数人は驚いてボンネットからすべり落ちて、その隙にスピードを上げて大通りまで抜け出すことができた。巫女姉《ムーダンオンニ》さんと私はくたびれはてて、事務所に戻るまで一言もなかった。

＊＊＊

それからというもの、ハンナに会うたびに友達がついてきて大騒ぎになった。似たようなことが三度ほど繰り返されると、私はS体高のジャージ姿の生徒を見るだけで手足がブルブル震えるほどになってしまった。巫女姉《ムーダンオンニ》さんもまたうんざりしていた。仕方なく社長に連絡をすると、ハンナは大喧嘩をしたのか、それ以来友達を呼ばなくなった。おかげで今日はハンナの家で無難にカウンセリングを終えて巫女姉《ムーダンオンニ》さんと別れ、安心して地下鉄の駅に入った。

「アンニョンハセヨ」

地下鉄を待っているときに、見覚えのある高校生三人が私に挨拶をしてくれた。ハンナの友達だ。脈拍が速くなって冷や汗が出てきた。巫女姉《ムーダンオンニ》さんもいないのに、血気盛んな子たちを一人で相手できる自信がなかった。逃げ出したかったけど、ちょうど列車が到着して、流されるように同じ車両に乗ってしまった。ハンナの友達は自然に私に話しかけてきた。

「パシリのお姉さんですよね？」

「パシリって……」

同じ名前で呼ばれてうんざりした私が嫌そうな顔を見せると、女子高生たちはどっと笑った。何が面白いのかわからなくて立ち尽くしていると、一人が私の名前を尋ねるので答えてやった。キム・ハヨン。やっと名前を取り戻した。

「私はジョンウォン、この子はヒヨンで、この子はスビンです」

「どんなお仕事をされているんですか？」

「デザイナーだよ。映像編集もするし、サムネイル、広報、ロゴ、グッズとか、必要なものは全部作ってる」

「わあ、そんなにいろいろやるんですか？」

本当はもっといろいろやってますけどね。高校生たちの素直な反応に、ねじくれた返事が喉元まで込み上げたが、なんとか押さえつけてニッコリと笑った。

「私たちのなかではジョンウォンもデザイナーです。これ、この子が作ったんですよ」

スビンという子がかばんのキーホルダーを外して、私に見せてくれた。毛むくじゃらの子犬の顔。色違いで三人ともそれぞれのかばんにつけていた。

「八種類、全部違う動物なんです」

「へえ、本当によくできてますすね」

「私たちにとっては御守りのようなものなので、毎日持ち歩いていています」

スビンが渡してくれたキーホルダーを持ってじろじろ見ていたら、急に誰かの手が出てきて、キーホルダーを覆った。

「やめてよ、大したものじゃないのに、恥ずかしい」

ジョンウォンだった。ジョンウォンはキーホルダーを私の手から取ると、元通りにスビンのカバンにぶら下げた。下を向いているジョンウォンを見ると、思ったよりシャイなんだなと思って、少し笑ってしまった。

その後も彼女たちはいろいろな話をしてくれた。それぞれやっているスポーツや学校生活について。向き合う前はビビッていたけど、拍子抜けするほどおだやかな楽しい会話だった。まもなくヒョンとスビンは地下鉄から降り、ジョンウォンと私だけが残った。

「ハンナの家から帰ってくるところですよね？」

沈黙を破ってジョンウォンがポツリと言った。びっくりしてどうしてわかるのかと聞いてみると、ハンナがメッセンジャーで教えてくれたのだという。会話は自然にハンナの話題になった。ハンナの学校生活や家族について話していると、ジョンウォンがおそるおそる話を切り出した。

「実は、ハンナのお母さんが巫女《ムーダン》を呼んだのは今回が初めてじゃないんです」

「そうみたいね」

「私が見聞きしただけでも十回以上です」

「十回？」

「不安だからだと思いますよ、多分」

とジョンウォンは意味深長な言葉を口にした。

「あの子はスタートが遅いんです。お母さんにすごく反対されて。絶対勉強のほうに進めって強く言われていたし、ボクシングは怪我も多いし。だからまだ不安なんですよ。ボクシングなんてやらせなきゃよかったと今でも考えているんです。この選択でハンナに万が一のことでもあるんじゃないかって」

自分の目で見たハンナと社長の姿を思い出した。やりすぎだと思うほど、娘の状態に過敏に反応してしまう母親と、その状況にうんざりしている娘。ジョンウォンの言う通りだった。

「でもハンナは本当に上手なんですよ。始めたのは私よりずっと遅かったけど、私なんてあっという間に追い越されて。学校からも期待されているんです。次期オリンピックの金メダリスト候補だって。お母さんの心配なんて無用です」

その言葉にうなずくと同時に、私は社長が最も気にしていることを思い出した。もし本当に健康に問題があったとしたら、スルーするわけにはいかないから。

「最近ハンナの体調があんまりよくないって聞いたけど、どう思う?」

「ハンナは完璧主義だから、大事な試合を前にすると緊張しすぎるところがあります。お腹が痛くて、体がズキズキして、悪夢を見て。でも、いざ試合が始まると、誰にも負けません。完璧にやりとげます。今回も重要な大会を控えて、似たような症状が出ているんだと思います」

ジョンウォンが挙げた症状は社長の話と同じだった。同じ状況でも、友人であり選手仲間が見れば大したことはないのかもしれない。

「ハンナのお母さんは、よくわかりません。自分の子は欠点なく完璧にうまくやってほしいと思っているから、しょっちゅう病院に連れて行って、病院でダメなら巫女《ムーダン》なんか呼んで。むしろ母親の態度のせいでハンナが苦しんでいるのに。放っておいてあげるのが彼女のためですよ」

「巫女《ムーダン》なんか」という言葉に、心臓がドクンと鳴った。明らかに私たちに向けた言葉だから。

「だから、これ以上介入しないでほしいです。ハンナを苦しめないでください」

地下鉄が停車してドアが開くと、ジョンウォンは急いで降りてしまった。彼女の後ろ姿はドアが閉まってすぐに見えなくなったが、彼女が言い残した言葉はズシンと重く私の心に残った。

私たちはハンナを苦しめているのだろうか。大人をだまして若い子をいじめるようなことを、巫女姉さん《ムーダンオンニ》と私はやってるのだろうか。訳もなくスマホに手が伸びた。メッセンジャーアプリを起動して、巫女姉さん《ムーダンオンニ》に送ろうかと数文字を打ってみたが、すぐに消してポケットに入れてしまった。走る地下鉄の窓の外は闇しかない。私はドアに頭をもたれかけて、しばらくその闇を見ていた。

＊＊＊

一週間経った。あるいは一週間しか経っていないというべきか。社長から電話がかかってきたときは、余計に驚いた。

「ハンナが倒れました」

あわてて訪れた救急室、カーテンを開くと横になっているハンナの姿が見えた。真っ先に目に飛び込んできたのは顔だった。たった一週間で顔の肉がかなり落ちて頬がこけていた。顔色も死人のように暗かった。誰が見ても健康とは思えない姿。突然の事態にシーンとする中、巫女姉《ムーダンオンニ》さんがまず口を開いた。

「何があったんですか？」

「三日前からかしら、食べ物をまともに口にすることもできなかったんです。ずっと吐いてばかりで。今日は朝からめまいがすると言っていて、ばったり倒れました。私が家にいなかったらどうなっていたか」

「医者は何と？」

「原因はないそうです。ただのストレスだって」

社長はハンナの頬をなでながら言った。ハンナは力が出ないのか、目をぱちぱちするだけで、ほとんど動けない。娘に布団をかけていた社長は、くるりとこちらに振り返ると巫女姉《ムーダンオンニ》さんを見た。

「ハンナは、どうしちゃったの？　悪いものでも憑いているの？」

「それは違うと思います」

「じゃあ、何なんですか？　理由もなくどうしてこんなことに」

「私もこんなケースは初めてなので、何とも申し上げられないのですが……」

「あなたに依頼してもう三週間よ。それなのに、なんで良くなるどころか悪くなるばかりなの？　護符も買って、よく見てあげてってお支払いもしましたよね。何かやってくれたんですか？」

「お母さん、私は大丈夫……」

「どこが大丈夫なの！」

ハンナが振り絞った一言は、社長の言葉でぶった切られた。

「何でもいいから、何かしてください。護符を使おうが、お祓いをしようが。お金をもらったらそれだけの仕事をしなさいよ！」

社長の金切り声が部屋中に響いた。私は驚いて固まってしまい、巫女姉さん《ムーダンオンニ》の顔色をうかがったけど、巫女姉さん《ムーダンオンニ》は頭を少し下げたまま無表情な顔をしていた。

「もう一度見てみます」

短い静寂の末に巫女姉さん《ムーダンオンニ》が答えた。私たちは病室を出ると社長の家に向かった。

「護符を探してみて。この前見つけられなかったものが残っているかもしれない」

玄関のドアを開けて入ると、すかさず巫女姉さん《ムーダンオンニ》が言った。私たちは、以前護符が貼ってあったところはもちろん、ソファとベッドの間の隙間、たんすと引き出しの中、ハンナの部屋の隅々まで調べた。だけど、数時間の奮闘の甲斐もなく、何も発見できなかった。

力いっぱい家具を動かしているうちに埃をたくさん吸い込んでしまって、頭がくらくらした。ちょっと休憩しようとリビングのソファに座った。巫女姉さん《ムーダンオンニ》は疲れることも知らないのか、テレビを前に移動させてコードとほこりがぐちゃっと散らかっているところを見ていた。

「絶対に護符のせいって、どうしてわかるんですか?」

夢中になって探している巫女姉《ムーダンオンニ》さんの後頭部に向かって質問を投げかけた。

「どうしてって?」

「ほかの物のせいかもしれないじゃないですか。それとも別の方法かも」

巫女姉《ムーダンオンニ》さんはしばらく動きを止めて、手を振りながら答えた。

「その可能性もある。でも、この家ってもともと護符が多すぎたでしょ。悪い気運を隠すには護符が一番簡単なんだよね。護符以外に偽装することもできるし」

「偽装をしたとしたら社長を呪うという意図でしょうか?」

「そりゃそうね。事業をしているなかで恨みを買うことも多そうだし。で、その負の気運が間違ってハンナに移っていった可能性が高い」

「そうなんですね……」

私は考えてみた。社長とハンナが共存する場所は家しかないので、ここのどこかに護符があるはずなのに、いくら探してもまったく見当たらない。見逃したことはないだろうか? そもそも考え方が間違っているんじゃ? 迷宮に入った気分だ。

「最初からハンナがターゲットだったら？」

そのとき、巫女姉《ムーダンオンニ》さんがその場で立ち上がって言った。振り向くと目を輝かせている。

「呪いは当事者ではなく家族に病気をもたらすこともあるって、思い込んでいたよ。今回のケース、最初からハンナがターゲットだとしたら、私たちが調べきれていないところがある」

「どこですか？」

「ハンナが一番長い時間を過ごすところ」

「まさか……学校？」

「行こう」

車にとび乗ってハンナの学校に向かった。駐車をして校内をぐるりと見てまわった。遅い時間だったので学生たちはもう下校しているだろうと思ったけど、運動場にはトレーニングなのかトラックを走る学生たちが残っていた。建物からも騒ぐ声が時々外に漏れだしていた。私たちは警備員や教職員から見えない隙を狙って建物の中に入り、ハンナのクラス、二年三組の教室に行った。空っぽの教室の出入り口は開いていた。

「学生もいないけど、中に入ってもいいんですか」

「私は机を探してみるから、あなたはハンナのロッカーを探してみて」

巫女姉《ムーダンオンニ》さんは私の言うことを聞くそぶりも見せずに教室に入ると、ハンナの席を探した。私もおずおずと教室の中を見回した。横と後ろの壁面には長いロッカーが置かれていた。一つずつ見ていくと後ろの出入り口の近くに「チャン・ハンナ」という名札を見つけた。すぐに開けてみようかと思ったけど、まだまだ良心がうずくので振り返って巫女姉《ムーダンオンニ》さんに聞いてみた。

「本当に探すんですか？」

「うん、もちろん。早くして」

巫女姉《ムーダンオンニ》さんはすでに机の引き出しから教科書を取り出して漁っていた。それでも私がためらっていると、頭を上げて口の形で「はやく！」と催促してくる。私はその口の形でほかの意味はなかったかな？ と考えながら、しかたなくロッカーのドアを開けた。

心配が空振りするほど、印象的な物は何もない。ジャージと水筒、教科書が数冊入っているだけ。巫女姉《ムーダンオンニ》さんも同じく何も見つけられなかったのか渋い表情だ。

「どなたですか？」

そのとき、聞き覚えのある声が耳に飛びこんできた。教室の後ろの出入り口にはジョンウォンがいた。顔が汗でびしょびしょなところをみると、運動後に戻ってきたようだった。

「ああ、ジョンウォン」

と片手をあげて知り合いぶってみたけど、ジョンウォンは眉をひそめただけだった。恥ずかしくなって手を下ろし、そっとロッカーのドアを閉めた。ジョンウォンはつかつかと巫女姉《ムーダンオンニ》さんのところへ歩いて行って、手に持ったノートをひったくった。

「今、何をしてるんですか？　誰の意思でここに来たんですか？」

「許可ならもらったよ」

ジョンウォンの神経質な質問に巫女姉《ムーダンオンニ》さんが答えた。

「ハンナの席を漁る許可なんかしてないと思いますけど？」

「ハンナのお母さんに許可してもらったの」

「ハンナが許可したんじゃないですよね？」

「全部あの子のためだよ」

「……笑わせますね」

二人がにらみ合って一歩も引かないので、静かな教室の中に張り詰めた緊張感が漂った。止めるべきかどうしようか私が悩んでいると、外がザワザワしはじめた。

「こんな時間にどうして部外者が？」

数人の学生が出入口の近くでうろうろしていた。練習で残ったほかの子たちが戻ってきたようだ。巫女姉《ムーダンオンニ》さんもやはりこの場から逃げなきゃならないと思ったのか、私を見ながら首を横に振り、素早く廊下に出た。私もその後を追った。相変わらず冷たい目でにらむジョンウォンとひそひそと話す子たち。無視してやりすごそうとした、その瞬間、後ろから低い一言が飛んできた。

「……あんたたちみたいな人が大嫌い」

ジョンウォンの声だった。巫女姉《ムーダンオンニ》さんはハタと立ち止まり、後ろも振り返らずに速足で廊下を抜け出した。

＊＊＊

「さて、これからどうしましょう？」

学校を抜け出して駐車場に向かった。巫女姉《ムーダンオンニ》さんは短く考えてから答えた。

「ハンナの持ち物をもっと探さなくちゃいけないんじゃないかな？　何か見つかるかもしれないし……」

質問にはいつもはきはきと答えてくれる巫女姉《ムーダンオンニ》さんだったが、今回の返事は歯切れが悪い。今のところ明らかな結果が出ていないので、どうしようもない。

「でも今まで何も出てきてないじゃないですか」

「私たちが見逃したところがあるのかも」

そしてしばらくシーンとした。会話に空白が生まれると、自然と周りの風景に視線が向かった。緑豊かな人工芝が広がる運動場。ここを歩いているハンナとジョンウォンの姿が思い浮かんだ。私は足を止めた。

「……もし問題がなかったとしたら？」

巫女姉《ムーダンオンニ》さんが振り返って私を見る。

「試合に対する緊張とストレスのせいだったとしたら、本当に何の問題もないとしたらどうしますか？」

巫女姉《ムーダンオンニ》さんは黙って私を見てから視線を逸らせた。

「私にもよくわからない」

そう言ってまた歩き出した。駐車しておいた車に乗って、私たちは再び病院に戻った。病室の前に到着して息を整える間もなく巫女姉《ムーダンオンニ》さんがドアを開けて入った。眠っていたハンナの顔色はずいぶんよくなっていた。社長は私たちを見ると、席から立ち上がった。

「家も、ハンナの学校も調べましたが、これといった原因は見つけられませんでした」

それを聞いて社長の顔色が暗くなった。

「じゃあ、どうするんですか。このままにしておくの？　子どもが苦しんでうなされているのに何もしないっていうの？」

「一時的な現象かもしれないので、とりあえず体調回復だけに努めて、試合の準備も進めたほうがいいと思います。悪いことが起きないよう、私がずっとそばにいますから」

社長は再び椅子にどっかり座り、手のひらで何度も顔をこすった。長いため息。また怒られるのかな。物でも投げつけてきたらどうしよう。不安だったけど、社長は何も言わなかった。そして手を下ろすと、予想外の姿を見せた。社長の目頭が赤くなっていた。

「……私は、ハンナのためなら何でもできます。それだけ大切な娘です。ですから、どうか、ハンナを護ってください」

すすり泣きが病室中に広がった。私はハンナの家族でも友達でもなく、仕事で数週間前に初めて会った人間だけど、今この瞬間だけは社長の心に切実に共感する。心配で目の前が真っ暗になって、でも何もできない無力感。ハンナが早く治りますように。切に願うしかなかった。

＊＊＊

幸い、ハンナは翌日退院してあっという間に回復すると、すぐに練習に復帰できた。試合まで残りはたったの一週間。たまに電話をしながらハンナの状態を確認したけど、これといった問題はなさそうだった。このまま行けば問題なく試合ができるんじゃないの。そう油断していたら、試合の前日になって、社長が予告なしに占いの館にやってきた。

「ハンナのコーチが入院することになりました」

降って湧いたような知らせだった。社長によると、昨夜ハンナのコーチが酒に酔った帰り道に車にはねられたのだという。

「学校では、どうせ出場するのはハンナ一人だから担任教師をつけてくれると言っていますが、私も明日は出張に行かなければならないのでつき添えなくて。不吉で……」

震える声といい、じっとしていられない手振りといい、確かに社長はいつになく不安気に見えた。巫女姉さん《ムーダンオンニ》はすぐに答えた。

「心配いりません。私がそばにいます」

社長の顔がぱっと明るくなった。社長は、巫女姉さん《ムーダンオンニ》がコーチ代理人として大会に行けるよう学校に伝えておくと言って、巫女姉さん《ムーダンオンニ》によろしくね、お願いします、と何度も繰り返した。

翌日、約束の通りにハンナを競技場に連れて行く途中、巫女姉さん《ムーダンオンニ》は後ろの席に座ったハンナに言い含めた。

「体の調子が悪いとか、おかしな様子があったらすぐに言ってね」

「まるで医者みたいな言い方ですね」

「変なものは食べないでね」

「わかったってば」

「知らない人が近づいたら、私たちにすぐ連絡してよ」

「知らない人がなんで近づいてくるんですか」

「知っている人が近づいてきても、話してよね」

ハンナは呆れた様子で笑った。態度はいつも通りだが、やや硬い表情で、緊張感を隠せない様子だ。会場の競技場に到着して、ハンナは選手控え室に入った。私たちは車の中でしばらく休憩を取って、開始時間が近づくと関係者席に行った。学生部の試合なので観客もまばらで、場内は全体的に閑散としていた。私たちはしばらく全体を見回してから、席についた。まもなく男子高校生の部の始まりを知らせる放送が鳴り響いた。

「始まるみたいですね。ちょっとワクワクしますね」

「あなたってまったく。遊びに来たの？」

「ボクシングの試合を見るの、初めてなんですよ。社長は見たことありますか？」

「私？　たくさん見てるよ」

もう少し質問したかったけど、試合が始まった。リングの上で繰り広げられる緊迫したにらみ合いを見物していると、スマホが振動した。ハンナからの電話だ。

「かばんにつけてたキーホルダーのぬいぐるみがないんです。車に落としたみたいで。持ってきてもらえませんか？」

「キーホルダーを？」

「はい、あれは絶対に必要なんですよ」

ハンナの声が焦っている。私はわかったと答えると、巫女姉《ムーダンオンニ》さんから鍵を預かって車のあるところに向かった。ドアを開けて後部座席を探すと、ハンナの言う通り熊の顔の形をした小さなぬいぐるみのキーホルダーがあった。地下鉄で女子高生たちが持っていたキーホルダーと似ているところを見ると、きっとこれもまたジョンウォンの作品なんだろう。御守りのようなものだと言っていたが、大事な試合の日にも必ず持っていないと不安になるみたいだ。

キーホルダーを持って出ようとしたとき、ぬいぐるみの裏面にごわごわしたものを感じた。裏返してみると、真ん中にジッパーがついていた。それを見ると、ふと「開けてみなければ」という衝動にかられた。中身を確かめなくては気がすまない。少しだけためらって、結局ジッパーを開けた。

中には綿の間に赤い小さな紙の封筒が入っていた。表には「大願成就」という文字が印刷されており、裏面には自筆で「ハンナへ」という文字が書かれていた。封筒を開けると小さく折りたたんだ紙。見慣れた黄色い紙に赤い文字。護符だ。でも、その中に書かれている内容は見たことがなかった。大願成就の護符はいつも人気が高いから、私も作成法を知っているけど、今私の手元にある護符に書かれている内容とはまったく別物だ。

護符の写真を撮ってから、元の形に折りたたんだ。早足で控室に入った。用心深くドアを開けると、試合用のウェアでウォーミングアップをしている学生たちの視線が私に集中した。その視線の中をハンナが走ってきて、私からキーホルダーを受け取った。

「ありがとう！」

「試合の順番はもうすぐだよね」

「はい、緊張して死にそうです」

ハンナは頑張って笑って見せた。いくつか励ましの言葉を残すと、控室を出ようとしてドアを開けた。そのとき、誰かが急に入ってきたので、とっさに体を後ろに引いた。ジョンウォンだった。ジョンウォンは小さくうつむいて中に入ってきた。外に出た私はドアをこっそり開けたまま、その隙間から控室の風景を眺めた。

ジョンウォンがハンナに近づいた。肩をもんで応援の言葉をかけてるみたい、と思うと手に持った何かを渡した。ハンナはジョンウォンの話を聞いて、それを飲み込んだ。

あれは何だろう？　距離があってよく見えなかった。小さくて丸いもの。チョコレート？　と考えた瞬間、ジョンウォンが振り返ってこちらを見たので、私は反射的に隣の壁に隠れた。そして思った。巫女姉《ムーダンオンニ》さんに早く伝えなくちゃ。急いで関係者席に向かった。

＊＊＊

「これがハンナのキーホルダーに入っていたって言うの？」

「はい、封筒には大願成就とありますけど、中身が違うんです」

巫女姉《ムーダンオンニ》さんは私が撮ってきた護符の写真を拡大し、穴が開くほど見つめていた。

「呪いのお符《ふだ》なんだけど」

「呪いなんですか？」

「うん、本なんかには出ていないから知らないよね。ムーダンの間にだけひそかに伝わる呪術符で、〝大願をぶち壊す〟って内容だね。誰が書いたのかわからないの？」

「作者の名前は書いてなかったです。そうだ、そういえばさっき……」

控え室で目撃したことを伝えた。ハンナがジョンウォンに渡されたチョコレートのような何かを飲み込んだこと。話しながらも心の片隅で大したことないって、考えすぎだって思おうとした。でも、私の期待を裏切っていくみたいに、話を聞いている巫女姉《ムーダンオンニ》さんの表情が次第に深刻になった。

「それで、ハンナは今どこに？」

「控え室にいると、あ、もうすぐ試合が……」

その瞬間、アナウンスが聞こえてきた。女子高校生の部、ライト級の試合が始まる。すぐにハンナと対戦選手がリングに上がってきた。

「今すぐ止めないと」

巫女姉《ムーダンオンニ》さんは今にも飛び出しそうな勢いで席から立ち上がる。私は驚いて巫女姉《ムーダンオンニ》さんの腕をつかんだ。

「ダメです。ハンナがどれだけ必死で練習してきたか」

「何かあったら取り返しがつかないよ。今からでも取りやめにしないと」

「私の見間違いかもしれません。この試合だけでも見ましょう」

巫女姉《ムーダンオンニ》さんはちょっと悩むと、結局席に座った。試合中に飛びこんでいくのはあきらめたようだが、リングの上を眺める視線は厳しかった。気が気でなかったのは私も同じだ。

第一ラウンドが始まった。探りを入れるかのように何発か相手の攻撃をかわして、大きなポイントもなく三分が過ぎた。幸い、ハンナに異常は見られない。少し安心してもいいかな。

短い休憩が終わり、第二ラウンドの始まりのゴングが鳴った。ゴングと同時に攻撃を繰り出す対戦相手。ハンナも負けずに相手の頭に拳を叩き込んだ。そうしているうちに二人の体が絡まって攻撃が空回りした。主審のサインで距離を取って再開した直後、相手選手が連続でアッパーを決めた。ハンナはしばらく背中を見せてたじろいだ。主審がハンナの目の前でカウントをし、状態を確認すると試合を再開した。その後、距離を保ちながら打っては離れる攻撃を繰り返すハンナ。しかし、ハンナの姿勢は少し不安そうに見えた。重心を取れずによろめく気配があった。さっきのアッパーのダメージが大きかったのだろうか？　心配が大きくなる前に第二ラウンドが終了した。

ふと隣の席を見ると、巫女姉《ムーダンオンニ》さんが爪を噛んでいた。こんなにも焦っている姿は初めてで、声をかけようかなと思ったけどやめた。すぐに最終ラウンドが始まったから。

ゴングが鳴ると同時に相手選手が突進してきた。一発殴ると距離を取り、それからハンナにフックをお見舞いした。ハンナは防御しながら距離を取る。前ラウンドに続いて押されている。相手に距離を詰められたとき、ハンナがいきなり猛攻撃に出た。瞬く間に形勢がひっくり返った。相手選手はハンナの勢いに押されてコーナーに追い込まれ、まともに防御できずに殴られっぱなしだ。主審が近寄ろうとすると、ハンナは力を込めてアッパーカットを決めた。決定打だ。相手選手はよろめきながらリングロープに寄りかかって倒れた。起き上がるどころか、動くのも大変そうだ。主審は倒れた選手の様子を見ると、試合終了を宣言した。ハンナの勝利だった。

相手選手は両脇を抱えられてリングを降り、主審はハンナの片腕を掲げた。多くない観客の拍手の音がちらほらと聞こえてきた。

ところが、ハンナの様子が少しおかしい。殴りかかった当人なのに、殴られた後みたいにふらつきながらリング上をぐるぐる回っている。急にリングの中央に立ち止まると、自分の頭をつかんだ。異変に気づいた審判が近づくと、ハンナは態度を急変させて審判に飛びかかり耳を噛みちぎった。異常だ。あのリング上の姿はまるで……。

「悪霊だよ」

巫女姉《ムーダンオンニ》さんが飛び出した。私はあっけに取られてあたりを見回した。観客席の上の方のからざわめく声が聞こえた。

「何だ？」

「どうしたんだ？」

観客たちにこの光景を目撃されたらヤバい。私の頭はそれしか考えられなかった。席を立って急いで場内を見回す。後方の壁面に消火栓があった。私は急いで駆けつけると、火災報知器のボタンを強く叩いた。耳をつんざく警報音が鳴りはじめ、客席に動揺が広がる。

「緊急事態です、今すぐ避難してください」

客席に向かって何度も大声を張り上げると、後部座席から会場を脱出した一人に続いて一斉に観客が外に抜け出しはじめた。私はその間に消火器を引っ張り出し、リングに向けて撒きちらした。警報音が鳴り響いて視界が霞むと、場内は混乱で満たされた。

観客が一通り抜け出したことを確認して、リングに駆けよった。主審は耳から血をだらだら流し、苦しそうに悲鳴を上げていた。リングの周りで右往左往していた二、三人のスタッフはその姿を見てギャッと叫んで逃げ出した。巫女姉さん《ムーダンオンニ》は暴走するハンナを制圧していた。まさにカオスだ。

巫女姉さん《ムーダンオンニ》はハンナの両腕を後ろからつかんで押し倒した。ハンナは動物のように不気味な声で唸りながら身を震わせた。

「私のポケットから、護符を！」

巫女姉さん《ムーダンオンニ》に呼ばれて慌てて駆けつけた私もリングに上がった。抜け出そうともがくハンナと押さえつける巫女姉さん《ムーダンオンニ》の力は拮抗している。その間に、私は巫女姉さん《ムーダンオンニ》のコートのポケットから悪霊退治用の護符をこっそり取り出した。巫女姉さん《ムーダンオンニ》はハンナの腕をつかんでいた左手を素早く首にかけて引っ張った。そうして右手で私から護符を取ろうとした瞬間、ハンナは発作のように体を跳ね上げた。瞬間的な強い力に、巫女姉《ムーダンオンニ》さんは首にかけていた腕を放して、顔面にハンナの頭突きを喰《く》らった。

衝撃が大きかったみたいで、巫女姉《ムーダンオンニ》さんは体の重心をつかめずふらついた。鼻血が流れ出す。私はどうしていいかわからなくて、護符を手にしたまま二人の周りをうろつくばかり。そのとき、ハンナがそろそろと体を起こして私に視線を定めると逃げる暇も与えずに向かってきた。ダメだ。ハンナが目の前に飛びかかってきているのに体が固まって動くことすらできない。巫女姉《ムーダンオンニ》さんがハンナを後ろから羽交い絞めにして倒れた。私の体の上にハンナが、ハンナの体の上に巫女姉《ムーダンオンニ》さんが乗っている。

「口に入れな！」

巫女姉《ムーダンオンニ》さんは片手でハンナの胴体を、もう一方の手ではハンナのあごをつかんで叫んだ。今にも私に噛みつきそうに唸っているハンナを目の前にして、手に持った護符をゆっくりと彼女の口に持っていった。手を噛まれないように鼻と上唇を手の平で押して、護符を喉の奥深くまで押し込んだ。

ハンナは苦しそうに悲鳴を上げながら身をくねらせた。私はその隙に組み敷かれていた体を横に引き抜いた。体をばたつかせるハンナに殴られながらも、巫女姉《ムーダンオンニ》さんはハンナの胴体をがっちりと抱えている。まもなくハンナは口からポトリと宝玉を吐き出すと、失神した。巫女姉《ムーダンオンニ》さんも疲れた様子で起き上がれなかった。

私はリングの隅に転がっていく宝玉を拾わなくちゃ、と思って、体を起こして宝玉を追いかけた。リングの下に落ちた宝玉は傾斜があるのかコロコロと転がっていくと、すっと開いた出入り口の隙間に入ってしまった。宝玉を取りに行こうと身を起こしたとき、両開きのドアについている小さなガラス窓越しに誰かの顔が見えた。

女だ、若い女。どこかで見たような。私を見て笑いかける顔。その瞬間、体が凍りつき、忘れていた恐怖心がふたたび私を包み込んだ。

あの女だ。隣室の男をいとも簡単に殺した女。そして私の部屋までやって来て不気味な嘲笑を残して消えた女。私に初めて悪霊の存在を知らせて、数か月間悪夢で苦しめた、あの顔がガラス窓の向こうにある。目をゆっくり閉じて、開けた。いなかった。窓の向こうには廊下の壁が見えるだけ。幻でも見たんだろうか。注意深く片方のドアを押してみた。やはりいなかった。化け物に騙されたみたいで、呆然としてしまった。しかも、宝玉も消えてしまった。床をいくら探してもなかった。念のため廊下の奥深くまで探しに行くと、角を曲がった先に誰かがいる。暗い廊下にジョンウォンがうずくまっていた。

「……全部終わったんですか？」

かすかに笑っている。普段の生き生きとした姿とは違って、目つきからは虚しさが感じられる。何も言えずにジョンウォンの前に立っていると、後ろから来る人の気配がする。巫女姉さん《ムーダンオンニ》が足を引きずりながら歩いてきた。襟でざっと鼻血を拭いたのか、顔には血の跡がところどころ残ったままだった。

「……あんたなの？」

巫女姉さん《ムーダンオンニ》はジョンウォンの肩をつかんだ。

「あんたがやったんでしょ？　護符も、悪霊も」

ジョンウォンは答えなかった。魂が抜けてしまった人みたいだ。

「あんたがやったことはね、全部あんたに戻ってくるよ。苦しくて、いっそ死んだほうがましじゃないかと思うくらい、あんたの罪の償いは倍になって……」

巫女姉さん《ムーダンオンニ》の警告を聞いて、ジョンウォンの瞳が揺れているように見えた。それでもジョンウォンはしばらく黙っていて、それからようやく口を開けて小さな声で言った。

「構いません。これが私の願いですから。私の、唯一の……」

巫女姉さん《ムーダンオンニ》も私も、その答えに何も言い返せなかった。広い競技場は静寂に包まれていた。

episode

8

悪霊退治の護符

高校生ボクシング選手のチャン・ハンナは試合が終わってから主審にとびかかり、肉の一部が引きちぎれるほど耳に噛みつき、暴行の嫌疑で警察の取り調べを受けることになった。実は悪霊に取り憑かれての行動だったが、そのことは私たち以外誰も知らなかった。悲劇的なことに。

報道をきっかけに、当然この話は一気に広まった。有力な金メダル候補が獣のように審判に噛みついたなんて、話題になるだけでは足りないほどだ。ドーピングの疑いも持ち上がった。ハンナが試合で見せた爆発的な力を思えば、当然の流れだった。しかし、検査を繰り返しても薬物が検出されないとなると、疑いの目はほかの人物に向かった。大会の前からハンナと共に過ごして、事件が起きたリングに駆けつけた人。ハンナの暴行を引き留めるだけでなく、ハンナが気を失うまで暴行したオカルトユーチューバー、巫女姉《ムーダンオンニ》さん。

始まりは一つの映像だった。火災警報が鳴って観衆がいなくなったと思っていたが、巫女姉《ムーダンオンニ》さんとハンナが揉みあっているところを撮影してインターネットにアップした人がいた。ハンナが見せた常軌を逸した姿は削除して、巫女姉《ムーダンオンニ》さんがハンナを制圧する場面だけを露骨に執拗に編集した映像だった。それがインターネットに公開されたとたん、大衆は蜂の群れのように寄ってたかって推理を始めた。

「薬物を服用したわけでもないのに、なんで選手はあんなとんでもないことをしでかしたの？」

「選手と巫女《ムーダン》はどんな関係だ？」

「巫女《ムーダン》が選手を暴行したのはどうしてだろう？」

数多くの疑問と、ヒントをつなぎ合わせて、みんなは自分なりの答えを見つけ出した。

「巫女《ムーダン》が選手を洗脳して殺人教唆をしたが、失敗したので暴行を加えた」

この、お話にならない結論が導き出されるのには証拠があった。

――いつも私をのけ者にして娘にだけ会いたがっていました。勝手に部屋の中も漁って、学校にまで行って持ち物をチェックしたそうなんです。学校の友人たちの話によると毎日のように××を脅迫していたそうなんです……。私が守ってあげなくちゃいけなかったんです。

ニュースから聞こえてくるインタビュー。モザイクをかけて声も変えていたが、言うまでもなくあの人はヤング・ジェニスの代表だった。すべて嘘で塗り固めた作り話で、涙まで流すとは。私は代表が言っていた一言を思い浮かべた。

「私はね、ハンナのためならどんなことだってできるの」

そうですね、どんなことだって。真実と嘘をごちゃ混ぜにして誰かの人生を台無しにすることくらい簡単でしょうね。

この事件をきっかけに一塊の集団が形成された。巫女姉《ムーダンオンニ》さんを批難して、あざ笑う映像を作り出す人たちだった。巫女姉《ムーダンオンニ》さんが口にした言葉をあちこち都合よく切り貼りしながら、巫女姉《ムーダンオンニ》さんを引きずり下ろすためだけに彼女が口にしなかった言葉が作り出された。

素材が足りないのか、過去の発言まで引っぱり出す人もいた。未来を嘱望されたボクシング選手だったのに、ボクシングをやめて巫女《ムーダン》になった女。昔の試合の映像や写真を公開することで証明された真実はこれだけだったけど、噂は留まるところを知らなかった。ユーチューバーの一人が、高校の同級生にインタビューしたといって、巫女姉《ムーダンオンニ》さんが当時暴行事件の関係者として選手資格をはく奪されたという主張を映像に収めたのだ。これによって、そうでなくても白熱していた論戦は油を注がれた勢いで炎上し、さらに多くの人が寄ってきて真実か嘘かわからない話を作りだした。悪霊に取り憑かれて人を殴ってまわった、暴行事件で罰が当たった、高熱を出して霊感を得た、チャン・ハンナ選手にも悪霊が取り憑くようにしていたのだ、などなど。

有名なユーチューバーたちは、大衆が求める通りに荒唐無稽な話をやたらとぶちあげて、自分たちはこれをそのまま複製しながら事件を大事《おおごと》にした。大衆はスキャンダルを楽しみ、味わった。ゴシップの火種が消えることはなかった。

むしろ、巫女姉《ムーダンオンニ》さんが何か言い返したらいいのに、と思った。違うことは違うって、自分の立場だけでも表明すれば今よりもましになるのに。だけど、事件の後巫女姉《ムーダンオンニ》さんは存在しない人のように何も言わなかった。少なくとも私だけには、何か言ってくれたなら。連絡がつかないのは私も同じだ。焦りが募る。結局毎日事務所に顔を出して、巫女姉《ムーダンオンニ》さんを待つほかなかった。

今日も約束もないのに事務所で過ごして、ソファで寝てしまった。ドアロックを解除する音がうっすらと聞こえて、目が覚めた。ゆっくりまぶたを持ち上げてみると室内は薄暗くなっていた。もう日が暮れたみたいだ。薄暗がりの中に誰かのシルエットが見えた。

「なんでここにいるの?」

耳慣れた声、巫女姉《ムーダンオンニ》さんだった。その顔を待っていたのに、いざ一週間ぶりに顔を合わせると言葉に詰まった。どんな言葉をかけたらいいのか。戸惑って飛び出した言葉は、我ながら幼稚なものだった。

「なんで返事くれないんですか?」

「それどころじゃなかったよ。警察の取り調べも受けなきゃいけなかったし」

「警察の取り調べ」という言葉に、心臓がギュッとなった。巫女姉《ムーダンオンニ》さんは私の表情を確認したのか、こう言い足した。

「心配ないよ。弁護士も雇ったし、大きな問題はないと思う」

慰めてあげるべきところで、逆に慰められているなあ。情けない。何か言葉をかけてあげたくて口を開いた。

「私が手伝えることはありませんか？　もちろん、特にないでしょうけど、お力になれたら……」

「言われなくても、こちらから話そうと思っていたんだけど」

巫女姉《ムーダンオンニ》さんは少し間を開けた。どんな言葉が出てくるのか予測できなかったけど、私は緊張で唇がカサカサになった。

「これ以上私と一緒にいないほうがよさそうだよ。じゃあね、これまでありがとう」

＊＊＊

またクビだ。二度目の解雇だ。雇用の柔軟性が低いとされる国で、連続して解雇されるなんて、私もまったく大したものだ。自然と失笑が漏れた。

解雇通告を受けて一週間、私は廃人状態になった。外出はまったくしなくて、ろくにシャワーもせずに部屋の片隅に引きこもった。家族はどうして会社に行かないのかと疑問の表情を見せていたが、私の状況が次第に深刻になるのを見て口をつぐんだ。ハジョンはニュースを通じて私の雇用主が巫女姉《ムーダンオンニ》さんだということに気づいていただろうけど、何も言わなかった。ありがたいことだ。

あらためて失職者になってみると、気持ちは複雑だった。同時に雇用主の非情さを罵りもした。どうしてこんなにも簡単にクビにできるのか、だから五人未満の事業所で働くものじゃなかった、などなど。また一方では心配にもなった。私を解雇した理由がわかっていたから。仕事ができないとか、巫女姉《ムーダンオンニ》さんが見ていないときにはほかのことをするさぼり癖があるからとかではない。自分に関係して一般人である私が被害を受けるのが嫌だったのだろう。どんな記事でも私の存在に触れられていないことを見ればわかる。巫女姉《ムーダンオンニ》さんは私を隠してくれていた。

そんなところが、私をよりいっそう切なくさせた。何の助けにもならない、役立たずの人間になった感覚。苦労を共にしてきた人の没落を、目を開けて見守るしかないのは拷問に近かった。何でもいいからやりたかった。しかし、私にできることはなかった。

いや、些細なことだが一つだけあった。巫女姉《ムーダンオンニ》さんを中傷する人たちを見つけ出して反論コメントを残すこと。

「ロバの耳チャンネル」というアカウントがあった。紙製のロバの仮面をつけていたが、隠しきれずにはみ出した大きな耳が特徴の話題のユーチューバー。巫女姉《ムーダンオンニ》さんの過去を真っ先に引っ張り出して収益化した人間だった。私は沸騰する怒りをこらえきれずに、そのチャンネルに真実かどうか問い詰めるような口調で連続してコメントを書き込んだ。はじめは私のコメントを削除するだけだったが、こちらがすべての映像を塗りつぶすレベルでコメントをつけると、ロバの耳も無視できずに反論を始めた。

最初のうちは私も相手も論理的な言葉遣いを維持しながら批判のふりをした批難を続けていったが、舌戦が長引くにつれて対話は露骨な人心攻撃じみていった。私がその人を「死体に群がる銀蝿」に例えるコメントを残すと、しばらくレスがつかなかった。勝った？栄光のない勝利を一人で祝ったが、数時間後に残されたレスを見て私は腰を抜かすほど驚いた。

「おまえ、巫女姉《ムーダンオンニ》さんチャンネルの編集者だろ？」

今のアカウントで、チャンネルに一度だけお知らせのコメントを残したことがあったが、ロバの耳はその事実を見つけ出したのだ。ユーチューバーとそのファンたちは巫女姉《ムーダンオンニ》さんが自分のスタッフを使って世論を動かそうとしているのだと間髪を入れずにとびかかってきた。

コンピューターを消した。真っ暗なモニターに映る顔は憔悴していた。助けるどころか、さらに面倒なことにしてどうしようっていうの？　このままじゃだめだ。ノートを広げる。

どうしてこうなったのか、どこから間違っていたのか、整理してみるために。

はた目に見える問題は、ハンナが審判の耳を噛みちぎって、巫女姉《ムーダンオンニ》さんがハンナを暴行した事件だ。しかし、その発端はジョンウォンが呪いの護符を使ってハンナに悪霊を取り憑かせたからだ。

ジョンウォンはどうしてハンナにあんなことをしたのだろう？　嫉妬？　劣等感？　いや、この状況で理由は重要ではない。私が知りたいのは「どのようにして」ジョンウォンにあんなことが可能だったか、だ。ハンナのように実家が金持ちというわけでもなく、平凡にスポーツをする高校生のジョンウォンが、どうやって護符と宝玉を手に入れたのか？　私の予想があっているとしたら、明らかにそれらをジョンウォンに握らせた人間がいるはずだ。もしかしたら、その人間が今まで発生したほかの悪霊事件の原因なのかも。

その瞬間浮かび上がる顔があった。隣室に出入りしていた女。見たという記憶すら定かではない短い瞬間だったが、明らかに宝玉は消えた。幻でないなら、あの女が今起きている事件に関係しているかもしれない。

私が見たこと、思い出したことを巫女姉《ムーダンオンニ》さんに伝えてあげたかった。だが、相変わらず電話に出なかった。わざと距離を置いているのかもしれない。決心した。明るくなったら占いの館に行こうと。何日でも巫女姉《ムーダンオンニ》さんを待って、面と向かって知らせてやるのだ。それからこう言うのだ。私は退職しませんって。隣に残ってどんなことでも手伝うって。

次の日、事務所に向かった。やはり巫女姉《ムーダンオンニ》さんは来ていないようでドアは堅く閉まっていた。いつもしている通りに暗証番号を入力してドアを開けようとしたそのときだった。体格のいい男が一人走ってきて、前に立ちはだかった。

「巫女姉《ムーダンオンニ》さんチャンネルのスタッフですか？」

ドアが閉まった。男はレコーダーと思しき機械を私の口元に近づけた。隣には別の男がカメラを構えていた。面食らってしまった。

「少しインタビューよろしいですか？」

「どなたですか？」

「記者のようなものです」

記者？　ヤンキーみたいな服装、舌足らずなサ行の発音と、飛んで行きそうに薄っぺらくて軽いその声は、男が記者ではないことをはっきりと表していた。それよりも……男の顔をパッと見て目に飛び込んでくるものがあった。一般の人の二倍はありそうな大きな耳。

「ロバの耳？」

男の顔に戸惑いが浮かんだ。私はその瞬間を逃さなかった。

「そうですよね、ロバの耳チャンネル？」

「いいえ……」

「言葉遣いと、その耳を見れば間違いないね。インタビューには応じません、帰ってください。警察を呼ぶ前に」

男の顔が赤くなった。何かゴニョゴニョ言っていたが、急に興奮して話しだした。

「みんなの知る権利のための行動です。スタッフだからといって隠さずにご協力くださ い」

「はあ？　知る権利？」

怒りがこみ上げた。

「他人の人生の揚げ足を取って罵倒するのを、知る権利だなんてきれいごと言わないでよ。そんなに立派なものなら最初からソウルの真ん中でデモをするなりしたら？　なんで顔を隠してユーチューバーやってるの。あんただって気が引けるからそうやってるんでしょう？　真実を暴くユーチューバーって言いながら、作り話で脚本書いて映像を作ってるって、みんな知らないとでも思っているの？　いっそ小説を書いて文学賞に応募したら、この銀蝿野郎が！」

私が高速ラップのようにまくしたてると、男のまつ毛がピクリと動いた。

「……おまえが例の編集者か？」

ユーチューブチャンネルに残したコメントと似ている語彙で気づかれたみたいだ。関係ない。こんなときほど強く出なくては。

「だったら何よ」

「正体がバレたら尻尾をまいて逃げ出したよなあ？　そのくせ口だけは立派だなあ」

「あんたこそ私に指摘されたコメントを全部消してたけど？　図星だから恥ずかしくなった？」

「なあ、こっちはおまえの個人情報をばらして抹殺することもできるぞ」

「抹殺？　やってみたら。現実は私よりもあんたが先にやられると思うよ。あんたに恨みを持っている人がどれだけ多いと思っているの？　あんたを嫌っている人たちは、あんたが少しでもミスをしたら一瞬で寄ってたかって噛みつくでしょうねえ。あんたには巫女姉《ムーダンオンニ》さんみたいに味方になってくれる人もいない。ネットの外ではあんたの映像を見てるっていうだけでも、悪く言われるんだよ。あんたが奈落に落ちていくのを、指をくわえてみんなが見物してる、それがあんたの未来なの、わかった？」

言いたいことを全部言ってやった。ロバの耳の顔は真っ赤なままだ。

「クソっ、なんだこいつ！」

ロバの耳は罵倒しながら片手を振り上げた。私はあわてて両腕を上げて顔を守った。

殴ってみろ、訴えてやるから。柳のように体中が震えたが、一方でうまくいったとも思った。

ところが、しばらく静寂が流れたと思ったら悲鳴が響きわたった。腕を下ろして眼を開けると、ロバの耳が呻きながら地面に転がっていた。そして彼の胴体に片足を乗せている人がいた。隣室に出入りしていた女、いや悪霊だった。前触れもなく競技場に現れて忽然と姿を消した女が、まるでこのすべての状況と関係していることを証明するかのように、私の前に姿を現した。

女が倒れているロバの耳の腹を足で蹴ると、グズグズ言っていた彼が一瞬静かになった。この姿を撮影していたカメラを持った男は、尋常でないと思ったのかそろそろと後ずさりをすると向きを変えて逃げ出した。女は素早く走ってカメラマンの襟足をつかんだ。カメラマンは逃げ出そうとジタバタして、その途中でカメラが女の頭にぶつかった。女は怒ってカメラマンを片手で持ち上げると投げ飛ばした。

ずいぶん高そうに見えたカメラは地面に落ちてバラバラに散らばった。倒れたカメラマンは痛がりながらも女から離れようとクネクネと這っていた。しかし、女は静かでゆっくりとした足取りで追いかけた。そしてカメラマンの前をふさいで立つと、その頭をグッと踏みつけるではないか。

断末魔のような悲鳴を上げたきり、すぐに声も出せなくなった男。そして笑っている女。頭の中であの日の光景がよみがえった。隣室の男を軽々と殺してしまった姿。もしかしたら、あんなことがまた起こるかもしれない。この男たちを殺して、その次に私を。逃げなくちゃ。ブルブルと震える手で暗証番号を入力して入口のドアを開けた。考える暇もなかった。安全なところに逃げたいという本能だけが頭の中を覆いつくしていた。

なんとか中に入ったが、息つく間もなかった。ドアを叩く音が聞こえた。隠れなくては。部屋に入りロッカーを開けた。中に入っている物を手当たり次第取り出して横にある箱に入れた。ようやく空間に余裕ができた。中に入ってしゃがみ込みロッカーの扉を閉めた。遠くからドアノブを強く叩く音が数回聞こえて消えた。ドアが開いたみたいだ。心臓が故障したみたいに速く脈打った。

キィーッとドアが開くと足音がした。部屋の中をコツコツと歩き回っていた足音が、突然止まった。ガタンという音と共に、漆黒のようなロッカーの内部に急に光が差し込んだ。何回か瞬きをして視野がはっきりすると、女の体が見えた。

女が上体をかがめて私と目を合わせ、私に手を伸ばした。殺される。あの手で、私を殺す……。ギュッと目を閉じた。予想と違って、肩を抱きかかえる手を感じた。目を開けた。女が微笑んでいた。

「ハヨンさん、もう、私のところに来なさいよ」

女の言葉ははっきりと耳に入ってきたが、どういう意味なのか理解できなかった。わけがわからなくて私が見つめていると、ふたたび女が口を開いた。

「私も事業をやっているんですよ」

私を見下ろしていた女がポケットからプラスチック製の四角い筒を取り出した。端についているボタンを押すと、宝玉が一つ外に出てきた。女は宝玉を指でつまみ上げた。

「この宝玉、知っているでしょ？　悪霊から出てくるの。これを飲み込ませれば人に悪霊を取り憑かせることができるんです。頼まれて誰かに飲ませることもあるし、ほかの人に飲ませて殺したい相手を殺させることもできる。こんな依頼を受けたり、呪いの護符を書いてあげたり。それから先に護符を書いて、悪霊が入り込みやすくすることもあるし」

女は宝玉を再び筒の中につまみ入れると、あらためて私と目を合わせた。

「悪霊は私が専門だけど、護符は難しくて。ハヨンさんが護符を書いてくれたらうれしいわ」

「……私ですか？　どうして、よりによって私を？」

「ハヨンさんが書いた護符が気に入ったのよ」

女はそれがすべてだと言いたげに、肩をすくめた。しかし、そんな言葉でやすやすと提案を受け入れるはずがない。相変わらず私がわけもわからずにいると、女がつけ加えた。

「質問あります？　誠心誠意答えてあげる」

この状況で質問があるわけがない。そう思った。ふと、答えの見つからなかった問いが一つ思い浮かんだ。

「もしかして、ジョンウォンが持っていた護符と宝玉、あなたがあげたんですか？」

「私よ。うまく仕込めばあの巫女《ムーダン》を破滅させられるって考えたの。実はここまでうまくいくとは思わなかったけど」

一つは正解だった。ジョンウォンの背後に誰かがいたという事実。しかし、理解できない。運悪く事件に巻き込まれたのだと考えたけど、最初から巫女姉《ムーダンオンニ》さんを巻き込もうとしていたたって？

「一体どうして巫女姉《ムーダンオンニ》さんを狙ったんですか？」

二人には何の接点もなさそうだ。それなのにどうしてあえて高校生に高価な宝玉を握らせてまで、このすべての事件を設計して巫女姉《ムーダンオンニ》さんを倒したがったのか？　これほどの労力をかけて？

「ハヨンさんを引き抜くためですよ」

「はい？」

「巫女《ムーダン》と働いているから、私のところに来ようとしなかったじゃないの」

「全部私のためにやったって言うんですか？」

女はうなずいた。その瞬間、絡まりあった糸が解けた。二人の両方に関係のある、接点は私だった。当然の事実だったが、自覚してなかった。だけど、それにしても。

「言葉で言えばいいじゃないですか。あんなことをしないで、私だけ連れて行けばいいじゃないですか」

「言ったけど、来なかったでしょう？」

「言った、って？」

「アカウントまで作って、お金はたっぷりあげるって誘ったのに、今の職場がいいからって断ったでしょ。私がどれだけ傷ついたかわかる？」

「ちょっと待って、あなた……レベッカですか？」

求職プラットフォームで私にメッセージを送ってきた会社代表の名前、レベッカ。

「そうです。私の本当の名前はベックァ。スタートアップ企業の代表っぽく名前を作ってみたの」

女はいたずらっぽく笑いながら話したが、私は体がひんやりと冷たくなるばかりだった。怒りが込み上げて、頭がくらくらした。うまくもない仕掛けに引っかかるなんて。

「それで、来るんでしょ？　私のところに」

自信満々の言葉がただただ腹立たしい。周りの人間をこんなにめちゃくちゃにして自分のところに来いだなんて、とんでもない話だ。

「いいえ。行きませんけど」

「来ないですって？」

「はい」

女は一歩後ろに下がった。ショックを受けたように頭を抱えると、ブツブツ言いながら部屋の中をぐるぐる歩き回る。かと思うと突然叫び出して、手辺り次第にすべての物をつかんで投げた。狂人みたいだった。そうやって事務所をめちゃくちゃにした女は、しばらく止まって深呼吸をすると、ふたたび私のほうにやってきた。女の影が私にかかった。緊張で動けなくてただただ見つめていると、女は私が入っているロッカーを両手で持ちあげて横に倒した。

ガタンという音と共にロッカーが床にぶつかった。ロッカーに入っていた物が私の顔にぶつかって、騒々しく床に落ちた。こめかみがキーンとして、頭を抱えた。頭と肩に加えられる痛みで気を失いそうになり、その後の静寂が不安で目を開けた。蜘蛛のように床にへばりついた女が、目をぎらつかせて私を見つめていた。瞳は真っ赤に澄んでいた。

「ハヨンさん、クリスマスに妹さんが悪霊に取り憑かれたでしょう。どうしてだと思う？」

「そんなの偶然に……」

「私がやったんですよ」

予想もしなかった言葉に困惑した。すぐさまベックァの言葉が続いた。

「私が人を仕掛けておいたの。チョコレートを渡せって」

その言葉を聞いて、あのとき出会ったエセ宗教のサンタとトナカイが頭をよぎった。そしてハジョンがもらった小さなプレゼントの箱。偶然だと思っていたのに。

「どうしてそんなマネを……」

「怖がらせようと思っただけなの。あんな恐怖を味わえば巫女《ムーダン》から離れると思って。悪霊のヤツが言うことを聞かなくて、食べ物にばかり執着したから台無しになったけど……」

ベックァは残念そうに舌打ちをして、私の目をまっすぐに見ながら言った。

「私が言いたいのは、あの程度は私にとって朝飯前だってことよ。ハヨンさんの家族や、友人たちに悪霊を取りつかせることくらい。あるいはハヨンさんにも」

明らかな脅迫だった。心の深いところで怒りが起こった。すでに私の妹を危険にさらしておいて、白々しく脅迫までするなんて。できることなら、すぐにでもつかみかかって闘いたい。

「本当に、最後の質問ですよ。私のところに来るんでしょ？」

……でも、私はわかっていた。そんなことできないと。

「……行きます」

私には選択肢がなかった。

＊＊＊

私の人生には今まで四人の上司がいた。まずは、毎日のように話をするたびに人を冒涜する広告代理店の係長、二番目には私を個人秘書かなんかだと考えていたハン係長、三番目は巫女姉《ムーダンオンニ》さん、そして私の新しい雇用主になったベックァ。ベックァと働きだしてまだ三日目だが、私にはわかった。その中でベックァが最悪だということが。

三成洞《サムソンドン》の小さなビルの五階にある空っぽの事務所。護符のために連れて来られただけに、私は一日中機械のように護符を書きまくらなくてはならなかった。いや、ベックァは本当に護符のために私をスカウトしたんだろうか？　実は退屈で引っ張ってきたんじゃないだろうか？　働いている間中、隣に座ってしゃべり続けているだけなので、そんな疑問を抱くのも無理はない。そのうえこちらのリアクションが不満だと宝玉を取り出して、飲ませてやると脅迫をするのだから、口角は痙攣をおこすし、あえて明るい声を出すので喉が痛くなった。

「ハヨンさんは、私がどうやってこんなに強い力を持っていられるかわかる？」

知りたくもない話をひとしきり長々としゃべったベックァが、私を見ながら聞いてきた。ちゃんと答えないと宝玉を持って脅迫されるとわかっていたので、頭を回転させた。

「生まれつきお強いんじゃないですか？」

私のお世辞がまんざらでもないのか、ベックァはケラケラ笑いながら言った。

「それもあるんですけどね。ほかにもう一つ理由があります」

しばし静寂が流れた。何と答えたらいいか、あわてて考えてみたがすぐにベックァがまた口を開いたので考える必要がなくなった。

「心臓をたくさん食べたんですよ。この体に取り憑く前から数えたら、たぶん何十、何百人の心臓を。そうすると力が強くなるし、何よりも精神がクリアになるんですよ。まるで人間みたいに」

心臓を食べた記憶がよみがえったのか、舌鼓を打つベックァ。背筋に鳥肌が立ったが、私はできるだけ気づかれないように頑張った。

「おかげで新米の悪霊とは違って人間の間にうまく溶けこんで、こうやってビジネスまでできるようになったわ。使わないなんてもったいないでしょう。これでほかの人を助けてあげて、私はお金をもらって。すごく公平じゃありませんか？」

「そうですね。本当にご立派です」

ベックァが私をじっと見つめてくるので、心のこもっていない返事を繰り返した。だけど、ベックァは視線を逸らすつもりはなさそうだ。

「護符も同じです。才能があれば、使うのが正しいんです。護符ってものは同じ内容でも書く人によって効能は千差万別なんですよ」

「なるほどですね」

「私はね、チラシにおかしな護符を書いたときから、ハヨンさんは普通じゃないと思っていました」

私の話だったのか。視線が重すぎて横を向き遠くを見つめたが、ベックァはますます近づいて私の肩に顎を乗せた。

「ほとんどの人は気づきもしないでしょう。私ともなると見分けがつくのよ。それなのにおかしな巫女《ムーダン》に先手を打たれて」

そこまで言うと、ベックァは突然その場でガバッと立ち上がった。

「考えたら腹が立ってきたわ。あの巫女《ムーダン》のせいで大きな案件も失敗して、お金もちゃんと受け取れなかったのよ。役員クラスを二人も殺したのに、最後の一人を取り逃したからって。憎らしい巫女《ムーダン》のせいで」

「役員クラスを二人」と言えば、たこ焼きを売っていたときだ。あのときは私も悪霊退治を一緒にやっていたけど？　手に冷や汗がにじんだ。ベックァの目つきを探ったが、私がかかわったことは知らないようで、息を弾ませながら事務所の中を歩き回るだけだった。

「おかしな映像もアップしてさ。悪霊を追い出す効能のある護符の作り方？　人が悪霊に取り憑かれたときにやりがちな三つの異常行動？　あんな映像をどうして作るの？　人の商売を邪魔する必要がある？」

ベックァは叫んで、急に拳で壁を殴り始めた。いくつか穴が開いて、石灰のかけらが落ちた。

「もしかして、ハヨンさんもあの映像を一緒に作ったんですか？」

ベックァはパンチを途中で止めると、私に鋭く質問した。私は本能的に、すぐに返事をすべきだとわかった。

「いいえ、外注に出したそうですよ」

「とにかく、巫女《ムーダン》とあの映像を作った人間、捕まえて叩き潰してやるわ。ただじゃおかない！」

ベックァは壁を足で蹴りながら八つ当たりをした。私は再び護符を書いて、筆を持つ手が震えたせいで一画を間違って書いてしまった。失敗した護符をこっそり丸めてポケットに入れて考えた。私があの映像を撮影して編集までしていたことは、一生隠し通さないといけないって。

＊＊＊

「護符だけ書いているから退屈でしょ」

ベックァが近づいて聞いてきた。ひとしきり腹を立ててようやく落ち着いたようだ。予想のできない感情の起伏に疲れが押し寄せてきたが、顔に出さないようにニッコリ笑って答えた。

「いいえ、すごく楽しいですよ」

隣の席にストンと座ったベックァが、私が持っていた筆をつかみ取って言う。

「私たちもアレ、作ってみましょうか？　グッズを」

「グッズですか？」

「何かあったと思うのよ。巫女《ムーダン》うさぎだか、巫女《ムーダン》犬だか」

巫女《ムーダン》うさぎ。デザイナー人生で会心の力作だったが、悲運の事件によって葬ることになった、私の大切なキャラクター。

「巫女《ムーダン》うさぎをご存じなんですか？」

「だって、ハヨンさんが作ったものですよね」

驚いた。巫女姉《ムーダンオンニ》さんと親しい友人以外は知らないことなのに。あわてた表情を読み取ったのか、ベックァがつけ加えた。

「知らないはずがないですよ、ハヨンさんのことなのに。あれを活かして新たなグッズを作るのはどうかしら？」

「巫女《ムーダン》うさぎはもう難癖をつけられて葬ったので……」

「巫女《ムーダン》から無理な条件をつけられたって暴露して、あらためて出せばいいでしょ。前より売れると思うの」

ため息が出た。的外れな意見ではなく、現実的な意見だったから。

「今回は何を売りましょうか？　本当の呪いの人形はどうかしら。呪いの相手を書いてもらってから、私が直接何人か殺してあげるの。口コミでよく売れるんじゃないかしら？」

狂ってるのかな？　ベックァが浮かれて話しだすアイデアを聞いて、笑顔が消えた。私の大事なうさぎを殺人兵器にしたくはなかった。

「どうしたの、やりたくなくてそんな顔しているの？」

恐ろしいことにベックァが顔色を読み取って問い詰めてくる。自尊心を捨てて満面の笑顔を作った。

「まさか？　そんなはずが。本当に素敵な考えです。私が一度企画してみますね」

「いいわ。私、少し寝ているから頑張ってみてね」

ベックァはソファに横になるとすぐに眠ってしまった。無防備な姿だったが、今逃げ出したところで、私を殺す勢いで追いかけてくるだろう。デスクに向かい直してベックァがくれたノートブックを開いて文書作成プログラムを立ち上げたけど、どこから始めたらいいのかぴんと来なかった。結局、前の商品を参考にするために巫女《ムーダン》うさぎのＳＮＳに接続してみた。

まず目に入ったのは個人メッセージだった。半年以上開いていなかっただけに、百以上たまっていた。ゆっくりと読んでみるとろうそく事件について批難する内容が大部分で、応援しているから戻ってきてほしいという人も少しながらいた。それ以外にも自分と一緒に事業をやらないかという広告のようなメッセージ、協賛の申し出、祈願成就キットを使ったら、友達がおかしくなったという意味の分からないものまであらゆる内容のメッセージが来ていた。

あのときも今も、みんな何もわかっていない。メッセージを読み終わってそう思った。胸が詰まって、一息つこうとスマホを出した。画面を開けると到着したばかりのショートメッセージがあった。

巫女姉《ムーダンオンニ》さん：電話に出なさい。何が起こったの？

ベックァに連れて来られてからも、巫女姉《ムーダンオンニ》さんから時折り連絡が来ていた。占いの館がめちゃくちゃになった様子を見たからだろうか。待ちわびていた連絡だが、返事をしなかった。できなかった。連絡しているのがわかったら、ただじゃおかないとベックァに脅迫されていたので。

実は個人的な理由もあった。自分を責めていたからだ。巫女姉《ムーダンオンニ》さんが巻き込まれた屈辱と不幸の発生源が自分だったと知って、耐えられなかった。申し訳ないし、辛かった。それに巫女姉《ムーダンオンニ》さんにこのことを知られるかと思うと怖くなった。そうなっても、以前のように私に接してくれるだろうか？　私のことを心配して助けに来てくれるだろうか？　確信が持てなくて、そう願うことさえ申し訳なかった。

頭の中が混乱して画面を消そうとしたときに、スマホが震えた。電話がかかってきた。巫女姉《ムーダンオンニ》さんから。どうすることもできずに、電話が切れるのを待った。

そのとき、手の中にあったスマホが空中に浮かんだ。

「巫女姉《ムーダンオンニ》さん？」

ベックァが私のスマホを持っていた。すぐに振動が止まった。ベックァは画面をあれこれ触ってから机の上に置いた。私はあわててスマホをつかんでポケットに入れた。

「何ですか、二人は連絡取り続けているんですか？」

「いいえ、税金のことで電話が来たみたいです。着信拒否にしますね」

「違うと思うけど。メッセージが来ているのを見ると」

ベックァはあくびをしながら隣の椅子に座った。私はあわてて口をつぐんだ。こわばった表情から私の本音がバレるんじゃないかと怖くなった。

「会って一言言ってあげなさい。新しい職場にスカウトされて幸せにやっているから心配するなって」

「会わなくてもいいです」

「どうしてですか？　ハヨンさんは情がなさすぎますよ」

本当に会ったら、殺すくせに。返事をしないで消えているノートブックの画面だけをにらみつけた。

「一度会ってみるのもよさそうだけど」

ベックァがつぶやいた。驚いて見つめると何か考え込んでいる顔だった。

「会うですって？」

「ええ、会ってあの巫女《ムーダン》が宝玉をどこに隠しているのか探ってみて。奪われたものは取り返さないとね」

「急に探りだそうとしても、怪しく思われますよ。これまで聞いてみたこともなくて……」

「ハヨンさんがうまいことおだてて、探り出せばいいでしょ。どうにもならなかったら油断させて殺してもいいし」

真っ青になってベックァを見つめた。愉快そうに笑っていた。

「冗談ですよ。ハヨンさんがショックを受けたら困りますもの」

ベックァは片手を伸ばして私の襟元をつかむと、視線を定めた。吊り上がった目が鋭く光った。

「だから、ちゃんと持ってこないとダメですよ」

もう、本当に、どうしようもなかった。

＊＊＊

占いの館の近くのカフェで、私は巫女姉《ムーダンオンニ》さんと向かい合って座っていた。最後に会ってから十日しか経っていないのに、息が詰まりそうにぎこちなくて居心地が悪かった。いや、そう感じるのは私だけかもしれない。こちらには目的があったから。巫女姉《ムーダンオンニ》さんが集めてきた宝玉を奪うという目的。巫女姉《ムーダンオンニ》さんの背後のテーブルにサングラスをかけて私を監視するベックァが見える。食べた物もないのに、胃がもたれるみたいに息苦しい。

「この間のことだけど、何があったの？」

「この間ですか？」

「占いの館に行ったら、男が二人ドアの前に倒れていたんだよ。起こしてみると、うちのスタッフにやられたって大騒ぎだったけど」

どうして知っているのかと思ったが、ロバの耳が話したようだ。

「一人のスタッフと争っていたら、怪物みたいな女が一人現れて自分を投げ飛ばしたって言うの。争っていたのはあなただと思うけど、急に連絡が取れなくなったでしょ、事務所はめちゃくちゃになっているし。もしかして悪霊でも現れたのかと思って」

鳥肌が立つほど正確な推測だった。しかし、その悪霊が鋭い目つきで私を見守っている以上、真実は話せない。少し言葉を選んで、ユーチューバーがやって来てもめているところを通りがかりの女性に助けてもらったのだと説明した。武術の実力はすごかったけど、怪物というほどではなかったとつけ加えると、背後のベックァが満足そうにうなずいた。

「私のせいで、そんな目にあったんだね」

巫女姉《ムーダンオンニ》さんが小さくつぶやいた言葉が、胸に刺さってチクリとした。今でも巫女姉《ムーダンオンニ》さんは自分のせいで私が被害をこうむったと考えている。事実を話してやりたかったが、できなかった。いっそ話題を変えようと思った。

「……最近、状況はよくなりましたか？」

「それほど悪くないよ。そもそも私がやらかしたことでもなかったし、騒いでる奴らが静かになれば終わり。それよりも、ハンナが大変なの」

ハンナのことを思うと、私も胸がチクリとする。私がもう少し早く巫女姉《ムーダンオンニ》さんに知らせていたら、試合の直前に巫女姉《ムーダンオンニ》さんを引き留めなかったら、あんなことは止められたかもしれない。いや、そもそもあの人がジョンウォンに宝玉を渡さなければ。

ベックァを見た。サングラスで眼差しが隠されていたが、あきらかにその向こうでも罪の意識など見せていないに決まっている。ベックァが手を振っている。仕事を早く進めろとせかしているのだ。

宝玉がどこにあるのか、尋ねなくてはいけない。しかし、簡単に切り出せなかった。一度も気にしたことがない内容なので、どうやって切り出しても不自然になりそうだ。焦る気持ちを落ち着かせるために、いたずらにコーヒーを飲むばかりだった。すぐに飲み終わって、氷の間の空気をすする音だけが響いた。

「もう出ようか。元気なこともわかったし」

このままじゃだめだ。どうにかして一緒にいないと。

「占いの館に置いてきたものがあるんですけど、取りに行ってもいいですか？」

息つく間もなく思い浮かんだ言葉を口にした。巫女姉《ムーダンオンニ》さんはたかだかそんなことを、どうして深刻そうに言うのかと笑った。

＊＊＊

占いの館は歩いて五分もかからない距離だった。ベックァは通りの反対側から私たちについてきて、私はできるだけゆっくりと歩きながらどうしたらいいか考えた。物を探しているふりをしながら宝玉を探そうか。それともさりげなく聞いてみようか。しかし、そもそも占いの館にあるという情報すらないじゃないか。頭が割れそうだった。

ようやく占いの館に到着したとき、悩みはすべて飛んでった。ドアの前にいた招かざる客のおかげだった。

「やっと来たな。これ、どうするつもりだよ！」

またロバの耳だった。今回は包帯で巻いた頭を指してバタバタと飛び跳ねていた。

「うちのスタッフじゃないって言ったでしょ」

「スタッフじゃないか、この女。俺がこの両目を開けてハッキリと見たのに、何言ってんだ？」

男は私を指さしながら言った。困惑したが、同時に不快感が急に広がって私は男に言い返した。

「最初に私を殴ろうとしたのはそっちじゃないの？　どちらが悪かったかはっきりさせましょうよ」

「もう一人いただろ。あいつはボディーガードじゃないのか？」

「誰のことかわかんないわ。うちのスタッフは一人だけよ」

巫女姉《ムーダンオンニ》さんが私を指すと、男はあわてだした。言葉を詰まらせて、はっきりと言えなくなり、挙動不審者のように周りをキョロキョロ見回した。そしてある場所で止まる視線。

「あそこにいるじゃないか、おまえんところのボディーガード」

男の指は肩越しに私の後ろを指していた。振り返ると十歩ほど離れたベンチにベックァが座っていた。

「あの女が俺を投げ飛ばして、蹴りつけたんだからな！　頭だって十針も縫って、シャワーもできなくて生活のレベルがひどく下がったんだぞ！」

男の言葉を聞き流しながら、ベックァに視線を定めた巫女姉《ムーダンオンニ》さん。ベックァは私たちには興味がないとばかりに空を見上げるばかりだったが、その姿は怪しさを倍増させた。一人でバタバタと地団駄を踏んでいるロバの耳を無視して、巫女姉《ムーダンオンニ》さんがベックァに近づいていった。少し悩んだが私もついて行った。

「失礼ですが」

ベックァは声をかけられて初めて気がついたかのようにこちらを見た。

「あ、はい」

「うちのスタッフを助けていただいたと聞いたのですが」

「ええ、そうです」

「お世話になりました」

「いえいえ、今ではうちのスタッフですけど」

「おたくの？」

「この間のことでハヨンさんとご縁があって。話を聞いたところ、もったいない人材なのですぐに入社してもらったんです」

「……それで、今日はついていらっしゃったんですか？」

「心配になりまして。前回は嫌なこともあって」

ベックァは離れたところに立っているロバの耳を指さした。恐ろしいのか、近くに来ることはできずに、顔だけめいっぱいにらみをきかせていた。

「ところで、見たところ帰ったほうがよさそうですね。あの方がまたいらっしゃるとは思いませんでしたよ。ギッタギタに叩きのめしておいたのに……」

後半は小さくつぶやきながら、ベックァはベンチから立ち上がった。

「行きましょう、ハヨンさん」

私の名を呼ぶ。圧迫する視線。戻らなくちゃ。あちらに歩いて行ってベックァと一緒にここから離れなくちゃ。それが巫女姉《ムーダンオンニ》さんの被害を最小にできる方法だ。だけど。

「ハヨンさん？」

恐ろしかった。ベックァの下にいるのは、時限爆弾のようなことだった。今はスタッフ待遇をしてくれるけど、気に障った瞬間いつ私を殺すかわからなかった。しがみつきたかった。隣にいる、私を助けてくれる唯一の人に。だけど、私が一体どうやって？

「どうしたの？」

巫女姉《ムーダンオンニ》さんが聞いてきた。足が地面にくっついたかのように動けなくなった私の姿が、怪しく見えたようだ。しかし、足が地面から離れない。今、行ってしまったら本当に最後になってしまいそうな気がして。

「早く行こうってば」

ベックァが嫌そうな声でせかしてくる。行くしかない。もう、本当に……。

「どこに行くんだよ。治療費払っていけ、この野郎！」

足を動かそうとした瞬間、どこからかカバンが飛んできてベックァの頭を直撃し、かけていたサングラスが顔から落ちた。振り返るとロバの耳がニヤニヤしていた。ベックァは信じられないという表情だった。

「何？　私今殴られたの？　本当に？」

ベックァはスタスタと歩いてくると、片手を振り上げてその手でロバの耳をぶん殴った。ロバの耳は悲鳴も上げられずにその場で気絶したのか、ピクリとも動かない。怒りで顔をゆがませたベックァは、赤みを帯びた瞳でロバの耳をにらみつけた。

「悪霊だねえ」

ベックァの正体を把握した巫女姉さん《ムーダンオンニ》が、隙を与えずに顔に拳をぶち込んだ。ベックァはバランスを崩して尻もちをついて転んだ。その隙に巫女姉さん《ムーダンオンニ》はベックァのみぞおちを片方の膝で踏んで動けないようにした。片手でベックァの襟首をつかんで護符を出そうとした瞬間、ベックァが巫女姉さん《ムーダンオンニ》の頭を膝で蹴って、体を起こして抜け出した。そのとき、ベックァの胸から何かガサガサと音を立てて落ちた。

「大目に見ようと思ったけどダメそうだわ」

ベックァが飛びかかった。巫女姉さん《ムーダンオンニ》は横に避けようとしたが、ベックァに腹を蹴り飛ばされて倒れてしまった。二人が闘いに集中している隙をついて、私はベックァが落とした小さなプラスチックの筒を拾った。

宝玉の入っている筒だった。常に懐に入れて持ち歩くほど明らかに大切にしているもの。振り返ると巫女姉さん《ムーダンオンニ》がベックァに首を絞められていた。息ができないようで、顔が赤く呼吸が荒い。助けなくちゃ、という思いで頭がいっぱいになった。

近くに六車線道路があった。息が上がるほど走って道路の前に立った。

「ベックァさん、これを見て！」

手にした筒を振りながら、ベックァを呼んだ。首を絞める手を止めて振り返ったベックァは私が何を持っているか把握したとたんに、巫女姉さん《ムーダンオンニ》を放り出してこちらに駆けだしてきた。

距離が縮まった。私は車道に向かって力いっぱい筒を投げた。放物線を描いて飛んで行ったプラスチックの筒は、大きな音を立てて道路の中央に落ち、自動車がスピードを上げて近づいてくる。

「ダメ！」

ベックァの叫び声が聞こえた。自動車は止まらずに宝玉の入った筒を踏んで通り過ぎた。前の車輪で一度、後ろの車輪で一度。その中に入っていた宝玉が粉々になっただろうことは、確認しなくてもわかる。

絶叫が道路に響き渡った。私の隣にはいつの間にか巫女姉《ムーダンオンニ》さんが来ていた。私はぼんやりと数歩下がって、巫女姉《ムーダンオンニ》さんの後ろに隠れた。しばらく頭を抱えて悲鳴を上げていたベックァが、体をまっすぐに起こして車道に突っ込んだ。突然の行動だった。ベックァに気づいた車が急停車をして、クラクションの音が輪唱のようにうるさく響いた。そのとき、一台の自動車がほかの車を抜かして猛スピードで走ってきた。宝玉が砕けたその場だけを見つめて走ってきたベックァは、その車にぶつかって跳ね飛ばされ、地面に倒れた。

まさか、死んだ？　衝撃的な状況に、私たちは開いた口がふさがらなかった。運転手が車から降りると恐る恐るベックァに近づいた。その瞬間、倒れていた体が動いた。意識の戻ったベックァは、宝玉が砕けたところまで体を震わせながら這って行った。ようやくそこに着くと、粉々になった宝玉の欠片を手でかき集めて口に入れて飲み込んだ。

しばらく滞っていた車列の中から一、二台抜け出すと、その後について多くの車がスピードを上げてそれぞれの方向に進んで行った。トラックが一台通り過ぎると、さっきまでしゃがんでいたベックァが立ち上がっているのが見えた。もう一台が通り過ぎると、ベックァは私たちに向かって笑っていた。顔中に赤黒い血管を浮かべて。そしてもう一台バスが通り過ぎると、ベックァは猛スピードで私たちに近づいてきていた。

「逃げよう！」

巫女姉《ムーダンオンニ》さんが私の腕をつかんで引っ張った。あと数メートルまで近づいたとき、ベックァが以前とは比べ物にならない速さで走り寄って巫女姉《ムーダンオンニ》さんに襲いかかった。背後から首を絞められて倒れた巫女姉《ムーダンオンニ》さんは腕を伸ばして地面を探り、近くにあった石をつかむとベックァの頭に向けて振りまわした。ゴツンと鈍い音を立ててぶつけると、ベックァはしばらくふらついた。その隙に巫女姉《ムーダンオンニ》さんはベックァの腕から逃げ出したが、ベックァは目をギラつかせて立ち上がり、また追いかけてきた。

私は思った。巫女姉《ムーダンオンニ》さんは勝てないかもしれないと。宝玉を飲み込んだベックァが人間らしくない獰猛な勢いで駆け寄ってくるのに比べて、巫女姉《ムーダンオンニ》さんは目に見えて疲れつつあった。このままじゃダメだ。何でもいい、考えないと。考えろ、考えろ……。

アイデアが一つ頭をかすめていった。急いで占いの館に走っていき、中にある倉庫に向かった。積んである段ボールの山をひっくり返した。この辺にあるはずだけど。一番端にある箱を開けてみると、探していたものが見えた。ビニール袋を荒々しく引き裂いた。

小さくて黒いものがボトボトと床に落ちた。ろうそくだった。

巫女《ムーダン》うさぎのアカウントにふたたび接続したときに確認したメッセージの中に、おかしなものが一つあった。ろうそくに火をつけたら、友人が身をよじって苦しがり、気を失ったという内容だった。そのままスルーしようと思ったが、珍しいことだと思ってその後どうなったのか尋ねてみた。するとすぐに次のような返事が届いた。


幸い、友人は数日後に目覚めました。実は友人の性格がおかしくなったので元に戻ってほしいと祈願したのだと、お話ししましたよね。

目覚めた友人は、本当に元通りになっていたんですよ。

今では私に執着することもなく、優しい性格に戻りました。きっと願いごと成就キットのおかげではないでしょうか。

偶然だと思っていた。解決したのなら問題ないとスルーしようとした。ところが、ふと疑問が浮かんだ。人の変わった友人、執着、ろうそく、元に戻った性格。もしかしたら、その友人に悪霊が取り憑いていて、ろうそくのおかげで悪霊が退治された?

確認する時間がなかった。すぐに何かしなくては。床に敷きつめたろうそくに端から火をつけた。安っぽい香料の匂いが倉庫を満たして、頭がくらくらした。この程度なら充分だろう。

外に出て状況を確認した。二人はまだ取っ組み合っていたが、明らかに巫女姉さん《ムーダンオンニ》が劣勢だ。そのとき、耐えられなくなった巫女姉さん《ムーダンオンニ》が後ろに転んだ。ベックァは倒れた巫女姉さん《ムーダンオンニ》の胴体を続けざまに足で蹴りつけた。痛そうな声を上げて体を丸める巫女姉さん《ムーダンオンニ》。ベックァは怒りが収まらないようで叫びながら巫女姉さん《ムーダンオンニ》の腕を踏みつけている。

周りを見回した。車の通行を遮る朱色の三角コーンが見えた。両手で抱えてベックァめがけて投げた。頭に命中したおかげで、視線をこちらに引くことができた。

「……ハヨンさんが、どうして私にこんなことを?」

ベックァが何やらブツブツ言っていたが、無視して手につかめるものをすべて投げつけた。隣にある別の三角コーンと、道端に落ちている石、飲み物の空き缶がめちゃくちゃに飛んでいった。

「どうして！　私に！」

ベックァが叫びながら私に駆け寄ってくる。今だ！　私は素早く室内に入ると倉庫に隠れた。入口のドアを壊してベックァが入ってくる音が聞こえた。倉庫に近づいてくる。ドアをバタンと開けた。小さな部屋の中に閉じ込められていた香と煙がドアの間から漏れ出した。

息を吸い込んだベックァは自分の首を引っかきながらしゃがみこんだ。的中だ。ろうそくは悪霊に効果があった。ベックァは床に倒れて虫のようにのたうちまわっていたが、一瞬で体を起こして私に向かってきた。ギリギリで避けたが、動かした足が当たって床にあったろうそくが倒れ段ボールに火が移った。一瞬で強くなった火は段ボールに入っていたあらゆる物に、カーテンに燃え広がった。倉庫から逃げ出さなくてはいけないが、ベックァがもがいているので出られない。

そのとき、巫女姉《ムーダンオンニ》さんが倉庫に着いた。火の手が広がった状況を見てずいぶん驚いた表情だったが、すぐにベックァの上半身をつかんで外に引っぱりだした。私も火を避けて外に逃げ出した。

「放せ、放せってば！」

巫女姉《ムーダンオンニ》さんは手足をバタバタさせているベックァの首を後ろから包むように絞めた。ベックァの顔のところどころが、赤黒く膨らんで盛り上がった。少しでもつつけば破裂しそうだ。瞳だけでなく、充血した白目まで赤かった。すぐに息の根が止まりそうだと思ったとき、ベックァは最後の咆哮のように叫んだ。その隙をついてポケットから護符を取り出してベックァの口の中に押し込むと、あごと頭のてっぺんを強く締めた。ベックァは昏迷状態でも最後の力を振り絞っていた。体をばたつかせ、自由になった腕で巫女姉《ムーダンオンニ》さんを殴っていた。

「飲み込め！」

巫女姉《ムーダンオンニ》さんは殴られながらも体を起こし、ベックァの喉の奥に護符を丸めて突っ込んだ。息も絶え絶えにゲホゲホしていたベックァの身もだえが止まった。目を大きく見開いて指だけブルブル震えている。そして静寂が流れた。息の音すらほとんど聞こえず、様子を確かめようと近づいた瞬間、ベックァの口から何かが飛び出した。宝玉だった。これまで見てきた中で一番大きくて玲瓏《れいろう》たる輝きの宝玉が床を転がった。

同時に天井のスプリンクラーから水が噴き出してきた。強い水流が止まらずに噴き出して私たちの体を冷やした。くたびれたのか隣にパタリと倒れる巫女姉《ムーダンオンニ》さん。私は一人立って落ちてくる水を浴びながら、長い闘いの終わりを実感した。

エピローグ

倉庫が火事になった。山積みの雑貨とカーテンは焼け落ちてしまい、壁紙は手で触れるだけでボロボロと剥がれるほど真っ黒焦げになった。人生で初めての火事だったので、最初に炎を見たときは衝撃だった。目の前で燃え上がる炎と吹き出す煙が化け物みたいで、今にも飲み込まれそうだった。

でもすぐに鎮火してからよく調べてみると深刻な被害ではなかった。倉庫に積んであったのはほとんどが不用品で、カーテンを買い直して壁にペンキを塗ればそれまでだ。ラッキーだ。

いや、ラッキーでもなかった。本当の問題は別にあって、それは「水」だった。火が消えてからもすぐには止まらなかったスプリンクラーは占いの館にあった何もかもを、大量の水で濡らした。いや「濡らした」という表現は正確じゃない。「水中に葬り去った」とでも言えば、私の気持ちがわかってもらえるだろう。私の『iMac』、巫女姉《ムーダンオンニ》さんのノートパソコン、テレビ、エアコン、空気清浄機などが、水没して修理不能な中古品の山になった。それればかりか、たっぷりと水を含んだソファーは拭いても拭いても生臭いし、一度濡れた壁はカビが生える一歩手前、床の上には水がタプタプ残っていてまともに歩けない。火の手が広がらなかったのは、本当にラッキーなことだったけど……一面の水を見ると、ため息が止まらない。

巫女姉《ムーダンオンニ》さんと二人、数日がかりで床掃除をした。はじめはゴールがないように思えたけど、しばらく作業を続けてみれば、それなりに見るに耐える程度にスッキリと片づいた。使えなくなった道具や電子製品は全部捨てちゃったので、スッキリを通り越してスカスカというレベルだったけど。

最後の片づけ日の今日、不便そうに片手でゴミを集めている巫女姉《ムーダンオンニ》さんの姿が目に入った。ベックァと闘って、左手首の骨にヒビが入り、ギプスをする羽目になったのだ。その姿を見ていると、私の心も重く辛くなってくる。結局、巫女姉《ムーダンオンニ》さんに全部正直に打ち明けた。最近よくないことが続いていたけど、あれはすべてベックァが私のためにやっていたのだと。

長い話を聞いている間、巫女姉《ムーダンオンニ》さんは雑巾で黙々と床を拭くだけで、反応はなかった。緊張した。私は何を言われても受け止めるつもりだった。巫女姉《ムーダンオンニ》さんは顔を上げて、ようやく口を開いた。

「あっそ」

それでお終いだった。ほかに言いたいことはないのかと聞き返してしまった。返事は簡潔。

「しょうがないね」

それだけ言うと、拭き掃除が終わったならゴミを捨ててこいと、私の胸に一抱えもあるゴミ袋を押しつけてくる。私はいまだにこの人のことがよくわからない。

＊＊＊

悪霊を退治されたベックァは、しばらく意識を失っていた。どうしようもないので、近くの病院の救急室に担ぎ込んだ。まる一日経ってから目覚めたと連絡がきた。巫女姉さん《ムーダンオンニ》と一緒に病院に行くと、いくつかのことがわかった。ベックァの本名はベク・ファヨン、年は三十四歳。驚くべきことに、彼女は最近五年間に起きたことをまったく覚えていなかった。思い出せる記憶は五年前までさかのぼる。つまり、家族もいないソウルで一人暮らしで、アルバイトを転々としていた記憶がすべてだそうだ。病院へ連れて行ってあげた私たちは、記憶のない間、自分がどんなふうに過ごしていたのか知らないかと切実な眼差しでベックァから聞かれたけど、答えられなかった。おぞましい悪霊に取り憑かれていたなんて口が裂けてもいえないし、それ以外には何も知らなかったんだから。

困りきって顔を見合わせていると、大声で何か言っている人の声が聞こえてきた。一人の若い女性が病室に飛び込んできてベックァときつく抱き合うと、後から来た男性は「なんてことだ」と繰り返した。話を聞いてみると、二人はベックァの古くからの友人で、数年前に一方的に連絡がとれなくなって心配していたところ、今日になって入院しているという電話をもらって会いに来たのだという。幸いなことに、悪霊が憑いている間も体の持ち主の連絡先は生きていたみたいだ。ポカンとしながらも安堵しているベックァと、涙を拭きながら喜んでいる友人たち。巫女姉《ムーダンオンニ》さんと私は三人を残して、一段軽くなった気持ちで病院を出た。

一方そのころ、巫女姉《ムーダンオンニ》さんに向けられた狂気じみた批難もおさまりつつあった。ハンナの証言によって暴行の嫌疑が晴れたこともあるが、何より時間が経過したのが大きいと思う。世の中の関心は結婚前に妊娠したアイドル出身女優に移っていた。ちょっとだけもの寂しく、同時にラッキーだという気持ちも隠しきれない。一時はこの苦痛が永遠に終わらないんじゃないかって感じていたから。

微々たる影響だろうけど、ほかの理由もあった。数日前、ある動画がアップされた。

人間じゃない存在を目撃した。「車に轢かれても死なない怪力の女!」

「ロバの耳チャンネル」だ。画面は手振れがひどくてよくわからなかったが、ベックァが車に轢かれてから立ち上がって走ってくるシーンだった。それから、自分はこの光景を直接見たから断言するが、画面の中の女性は化け物に違いない、とまくし立てていた。その後アップされた動画もすべて似たような内容だった。ベックァに何発か殴られたショックが大きすぎて交通系ユーチューバーに転向したみたいだ。

コメント欄の九〇パーセントは「バカなこと言うな」「巫女姉《ムーダンオンニ》さんにどつかれたのか？」というものだったが、一〇パーセントは興味を持った様子だ。巫女姉《ムーダンオンニ》さんが時々口にしていた「悪霊」との関係性に目ざとく気づいて驚く人もいた。おかげでごくわずかだけど、昔の動画の再生数も増えて、悪霊の存在を信じる人たちが増えた。いいことだ。

それ以外にはよくないことばかりだったけど……事務所は水没、巫女姉《ムーダンオンニ》さんとブランドの価値は急落、チャンネルは立て直せるかわからない不透明な状況。心配だ。私、ここに残ることができるのかな？　巫女姉《ムーダンオンニ》さんは今後も私に月給を払えるだろうか？　なんとなく通って掃除をしてはいるけど、それも今日が最終日だ。ただ今、夕方の五時五〇分。退社時間が迫るにつれて、不安に包まれた。巫女姉《ムーダンオンニ》さんが私に近づいてくる。

「明日は来なくてもいいよ」

心配した通りだ。こんなひどい状況で私を雇い続けてほしいなんて、やっぱり欲張りだったみたい。わかってはいても、衝撃で口がきけなかった。

「しばらくは在宅勤務ね。事務所がこれだから」

在宅勤務……。考えたこともなかった。巫女《ムーダン》姉《オンニ》さんが在宅勤務させてくれるなんて。だったら最初からそうしてくれたらよかったのに。そんなことを考えていた素振りは微塵も見せずに私は「わかりました」と答えた。

＊＊＊

「また明日会おう（ネットで）」と挨拶を交わしての帰り道、心配が晴れて長いひと息をついた。相変わらず私のキャリアはめちゃくちゃで、規模が小さく福利厚生もなくて、一度は真剣に辞めたいと思った職場だった。だけど、今日だけはここに残れてラッキーだと、そう思った。

〈終〉

巫女《ムーダン》 配信者シャーマンとハヨンの悪霊事件簿

2025年4月30日　第1刷発行

著者 ……………… イ・サグ
翻訳 ……………… 吉良佳奈江
イラスト ………… ナナカワ
デザイン ………… WHITELINE GRAPHICS CO.
発行人 …………… 永田和泉
発行所 …………… 株式会社イースト・プレス
〒101-0051 東京都千代田区神田神保町2-4-7 久月神田ビル
TEL 03-5213-4700／FAX 03-5213-4701
https://www.eastpress.co.jp
印刷所 …………… 中央精版印刷株式会社

Printed in Japan
ISBN978-4-7816-2439-6

This book is published with the support of the Literature Translation Institute of Korea (LTI Korea).